河出文庫

# 宇宙はくりまんじゅうで滅びるか？

河出書房新社

宇宙はくりまんじゅうで滅びるか？　目次

## 第一章　こんな小説を書いてきた



## 第二章　トンデモを見れば世界が分かる？

## 第三章　大阪府で三番目ぐらいに幸せな家

## 第六章　未来に向かって

# 宇宙はくりまんじゅうで滅びるか？

# 第一章　こんな小説を書いてきた

# 一読者としてのあとがき

## 『ラプラスの魔』あとがき

この作品は一九八八年に出版された僕の処女長編です。

元々は同題のパソコンRPGのノヴェライズでした。パソコンと言っても、一四年前のパソコンです。インターネットどころか、パソコン通信もまだほとんど普及していなかった時代。ほとんどの機種はまだハードディスクも装備しておらず、メモリなんてキロバイト単位だった時代。ゲーム専用機といえばファミコンが主流だった時代……などと書くと、まるで大昔のような気がしますね（笑）。

当時、僕は誕生したばかりのゲーム創作集団グループSNEのメンバーでした。SNEの社長でゲーム版『ラプラスの魔』の原作者の安田均氏から、シナリオとマップをどんと渡され、「小説書いて」と頼まれたわけです。そりゃあ僕もそれまでアマチュアとして小説は書いてきましたが、短編ばかり。長編なんて書いたことがない。そんな人間にいきなり長編をまかそうってんだから、たいした信頼のされようです。

その信頼に応えようと、僕はがんばりました。まず分厚いシナリオを熟読、マップを自分なりに簡略化して描き直したうえ、安田氏に「ここと ここと ここのイベントを使わせてもらいます」「ここの設定はこう変更させてもらいます」と許可を得て、後は思いきり自由に書かせていただきました。執筆に用いたのも旧世代のワープロ専用機で、漢字の変換キーを押すたびにいちいちジーコジーコとフロッピーを読みに行くし、十数ページ書くごとにメモリがオーバーするという、今から思うと原始的な代物でしたっけ。

力を入れすぎて、「原稿用紙四〇〇枚前後」という指定を大幅にオーバー、五五〇枚も書いてしまい、泣く泣く一〇〇枚以上削るはめになったのも、今では懐かしい思い出です。冒頭で二人の少年が殺害されるくだり、ジョアンナの見た夢の世界、アレックスの過去、ベネディクトの母親のエピソード、ラプラスとナポレオンの会話など、たくさんのシーンをカットしました。しかし、冗長な部分が削ぎ落とされた結果、かなりスピーディな展開になりました。今ではこの長さで正しかったと思っています。

今回、新装版を出すにあたり、久しぶりに読み返しました。自分でも何を書いたか忘れていた部分がたくさんあり、「うーん、ここの文章はもうちょっとどうにかならんのか?」と文句言ったり、「おおっ、そういう手で来たか!」と驚いたり、「ここはゲームの展開に合わせるのに苦労してるなあ」と同情したり、「このシーン、かっこいいじゃん!」と感激したり、はたまたギャグで思わず笑ったり、すっかり作者であることを忘れて楽しんでしまいました。

ただきます。

というわけで、ここから先は作者としてではなく、一読者としての感想を書かせていただきます。

よく「処女作にはその作家のエッセンスが詰まっている」と言います。この『ラプラスの魔』はまさにそうです。

勝気なヒロイン、量子論的世界観、オカルトへの興味、擬似科学理論、行ってもいない場所のことを見てきたように語るテクニック、さらにはヒロインの裸（笑）などなど、その後の山本弘の小説に出てくるモチーフの多くが、すでにこの作品に出揃っているのですね。ラスト近くにちらっと出てくる「人間の創造した神」というアイデアは、『妖魔夜行　戦慄のミレニアム』（角川スニーカー文庫）でスケールアップして使われていますし、3章に出てくる「どこかに読者がいて、今もこの場面を〝読んで〟いる」というオーガストの台詞（せりふ）にしても、近作『百鬼夜翔　水色の髪のチャイカ』（角川スニーカー文庫）にそっくりな会話が出てきます。

随所に「分かる人だけ笑ってね」というマニアックな隠しギャグがちりばめられているのも、山本作品の特徴です。この小説にしても、H・P・ラヴクラフトの「クトゥルーの呼び声」「ピックマンのモデル」とのリンクぐらいは誰でも気がつくでしょうけど、ビンセントのアパートがやはりラヴクラフトの短編「冷気」の舞台だなんてことは、いったい何人が分かることやら。そんな妙なところに凝ってどうするよ、自分！（笑）

もちろん欠点もあります。カットしたせいで展開が不自然になっている箇所、キャラクターの感情表現がうまくいっていない箇所が目につきます。「今の僕ならこうは書かないのに」という表現もずいぶんあります。

しかし、あえて修正は最小限にとどめました。今の僕がこの小説を書こうとしたら、ストーリーや設定にも手を加え、まったく違う作品になってしまうでしょう。それでは古いワープロで懸命に書いた「一九八八年の山本弘」にとって失礼ではないかと思えるからです。これは僕の作品ではなく、彼の作品なのですから。

彼ががんばったおかげで、『ラプラスの魔』は面白い作品になり、そこそこ反響を呼んで、山本弘はプロ作家としての第一歩を踏み出したのです。だから僕は、彼に感謝したい。

ありがとう。そして、よくがんばったね、一四年前の自分。

# あとがきの三つの顔

『時の果てのフェブラリー』あとがき

## パターン・その1

　僕は人の顔を覚えるのが苦手です。

　どんな人でも、一回お会いしただけでは、まず絶対に覚えられません。二回目でもちょっと無理。三回お会いして、ようやく顔と名前が一致するのです。

　僕がひそかに恐れているのは、重大な事件の目撃者になることです。犯人の顔なんてすぐに忘れるから、警察に届け出てもモンタージュ写真なんて造れませんからね。

　以前、NHKの番組で「人の顔を覚える方法」というのをやってたので見ていたら、渡された名刺の裏にでも相手の似顔絵をちょこちょこっと描いとけばいいんだそうで……確かに名案ではありますが、相手を目の前にして名刺に落書きするというのもみっともない話だし、後で描こうと思っても、別れたとたんに忘れちゃうし、なかなか実行できませんね。

当然、相手の感情を読み取るなどという高度な技術も苦手です。無礼な態度や不用意な発言で、他人を不愉快にさせてしまったことは、数えきれないほどあります。何とかこの欠点は直そうと思っているのですが、なかなかうまくいきません。ひょっとしたら僕の脳はパターン認識の仕組みが他の人とは違っているのではないか、という気さえします。

そういうわけですから、人の顔を一度見ただけで覚えたり、他人の感情を察することができる人は、僕にとっては超能力者のような存在なのです。

今は第二次超能力ブームだそうです。しかし、いわゆる超能力者と呼ばれる人のやっていることは、スプーンを曲げるとか、カードの裏を透視するとか、日常生活の役に立たないことばかりです。

スプーンを曲げたいなら手で曲げればいいのです。サイコキネシスなんて必要ありません。そんな能力なんて、尾骨や盲腸のようなもので、退化してしまってもかまわないと思っています。

しかし、オムニパシーだけは切実に「欲しい！」と思います。この世界のことを、自分以外の人たちのことを、もっと知りたいと思うからです。

そんな理想を、僕はフェブラリーという少女に託しました。もし世界中の人が、自分の周囲の世界のことを、今よりほんの少し深く知ることができたなら、地球はもっと住み良い場所になるでしょう。

幼稚な妄想だと言われるかもしれません。しかし、僕にとってオムニパシーは理想の能力であり、フェブラリーは最高のスーパー・ヒューマンなのです。

どうか僕と一度だけ会ったことがあるという方にお願いします。次にどこかで会った時には、必ずそちらから声をかけて、もう一度自己紹介してくださいね。僕は完全にあなたのお顔を忘れてますから（あー情けね）。

この本を書き上げるにあたって、多くのご迷惑をおかけした編集部の池田憲章氏に、ご助力を感謝いたします。

1989. 11. 15
BGM：渡辺美里「悲しき願い」

**パターン・その2**

私はSFが好きだ。

スペースオペラや、ヒロイック・ファンタジーや、超能力伝奇アクションや、サイバーパンクなどという怪しげなものではない。昔ながらのSFマインド漂うサイエンス・フィクションが好きなのだ。

サイバーパンクと呼ばれるものも何冊か読んではみたのだが、どうも波長が合わなかった。派手な言葉や小道具で飾り立ててはいるけれど、中身はというと、ただの金庫破りの話だったりする。アクション小説としては面白くても、ちっともSFとして興奮させてはくれないのだ（あ、ブルース・スターリングだけはちょっといいと思う）。

マレイ・ラインスター、エドモンド・ハミルトン、ロバート・シェクリイ、ヘンリー・カットナー……なんと懐かしい名前！　古いと言われようが、私はこうしたサイエンス・フィクションの作家たちをこよなく愛するのである。

頼みの綱のJ・P・ホーガンも一作ごとに平凡になってゆくし、バリントン・J・ベイリーの作品はちっとも訳されない。日本作家はと言うと……うーむ、草上仁氏がほとんど一人でがんばっているという状態。欲求不満はたまる一方だ。

SFが読みたい！　本物のサイエンス・フィクションが！——誰も書いてくれないのなら、自分で書いて自分で読むしかないではないか。

そうして生まれたのがこの作品である。ハードSFだと強引に主張するつもりはないが、科学考証は可能なかぎり厳密であるようにつとめたつもりである。現実の科学を踏まえたうえで、架空の理論を展開することも、SFの面白さのひとつだと考えるからだ。

虚数空間の理論はほとんど私の創作だが、執筆中に猪股修二氏の「複素電磁場理論」の存在を知り、一部取り入れさせていただいた。猪股氏によれば、人間の意識は「影の世界」と「実の世界」を結ぶパイプであって、テレパシーや念力などの現象もそれによって説明できるということだが（この仮説が最近、某マンガで「シャドー・フォース」という名で使われたのはご承知の通り）、さすがにそこまで飛躍すると少し疑わしくなる。しかし興味深いアイデアであると思う。

常温核融合はどうやら幻で終わりそうだが、昨年の常温超伝導騒ぎ以来、またもやエキサイトすることができた。科学にはまだまだ夢が残っている。いつかSF作家の長年の夢——超光速航法とタイムトラベルを可能とする理論が登場するかもしれない。

センス・オブ・ワンダーは不滅なのだ。

一九八九年・秋　京都にて

## パターン・その3

「ボクは美少女が好きです！」

「おいおい、危ねえってば（笑）。最近はアホな奴がいたおかげで、アニメファンとロリコンの評判がめちゃくちゃ悪いんだぞ」

「でも事実なんだからしょうがない」

「そういえばこの前、東京神田の某古書センターの8F（笑）で、ロリータ本買ってただろ？」

「あー、あれは腹が立ったな。どう見てもジャン・ルイ・ミシェルの『愛・少女』の未使用ネガの流用なんだけど、『愛・少女』は無修正なのに、こっちはベタだらけ。エロ本なんてしばらく買ってなかったんで知らなかったけど、最近のベタって金色なんだな。思わず一〇円玉でこすっちまった（笑）」

「当たりが出たらポテトチップのSをプレゼント！（笑）」

「同じ写真であっても、げーじゅつ写真集だと無修正で、エロ本だとベタが入るんだよね。不思議の国ニッポン」

「うーむ、マニアック」

「もっともボクの場合、タニア・ロバーツとかキャロライン・マンローとかも好きなのであって、いたって正常ですが」

「おーっと、予防線を張ったな」

「美少女も好きで何が悪い？　年齢や性別に関係なく、美しいものは美しい！　美少女が嫌いなんて奴がいたら、その方がよっぽど異常だぜ」

「まあ、少女しか興味がないというのは問題かもしれんけど」

「やっぱ、愛の基本はノーマルだね。おーい、Ｋｉｍｉちゃん、愛してるよー♪」

「だーっ、あとがきを私信に使うんじゃねえ！」

「そうだった、これはあとがきだったんだ。じゃ、フェブラリーの話をしよう」

「気になったんだけど、文章の中にフェブラリーの外見の描写がぜんぜんないね？　眼の色と髪の色のことしか書いてない」

「それはポリシーがあってやったことだ。フィクションの世界においては、実はキャラの外見というのはさほど重要な要素じゃない。元祖アニメ美少女のクラリスにしても、『カリオストロの城』という映画を知らず設定画だけ見たら、誰が美少女だと思う？　逆にどんなに美しく描かれた女の子でも、キャラクターが薄っぺらでは見向きもされない」

「実例を挙げるときりがないな（笑）」

「だろ？　もちろんフェブラリーは美少女なんだけど、それはストーリーのうえで描かれるべきものであって、『彼女は美しかった』と書いても美しいことにはならないんだ。ボクとしては彼女の外見ではなく、キャラクターとしての魅力を追求したかった。だから意識して外見の描写は最小限にしたんだ」

「でも、結城さんが美少女として描いてくれてるから、意味がないよ（笑）」

「わっはっは、この本のイラストについては、ボクが自分でキャラ設定やメカ設定まで起こしましたよ♪」

「理論と行動が合ってないっつーの！　しょうがない野郎だな。ところで次回作は？」

「よくぞ聞いてくれた！　実はこの話は一回きりにする予定だったんだけど、書き終わってから続編のネタを思いついた。題して『衝突時空世界』（仮題）！　この話から二五年後の宇宙を舞台に、一四歳のウェンズデイが活躍するんだ。話のスケールもでかくなって、宇宙創成の秘密まで解き明かすぞ！」

「面白そうだね。読みたい人は角川書店までファンレターをよろしく♪」

「さって、ドラマガの原稿書こうっと」

一九八九年一一月一五日
『トランスフォーマー・ザ・ムービー』
を見ながら（ウソ）

## 単行本のための追記

『時の果てのフェブラリー』は僕の初めてのオリジナル長編ＳＦである。自分で言うのもなんだが、傑作である。今でも支持してくださる方が多い。二〇〇一年には徳間デュアル文庫から改訂版が出ている。

どんなあとがきを書こうかと悩んだ末に、三パターンのあとがきをつけることにした。三つの顔のどれかが山本弘の素顔だ、ということはない。オカルトや超能力に興味のある僕も、ＳＦを愛する僕も、美少女とアニメとおふざけが大好きな軽薄な僕も、みんな僕である。どれか一面を見ただけで山本弘という人間を理解してほしくなかったのだ。

ちなみに、この題はゲーム雑誌『ウォーロック』で連載していたゲームブック「暗黒の三つの顔」のもじりだが、さらにその元ネタは、『トランスフォーマー２０１０』のエピソードの原題「Five Faces of Darkness」である。ほんとに好きだね、『トランスフォーマー』。

今になって読み返すとかなり恥ずかしい代物だが、僕の原点を再確認する意味で、あえて再録することにした。ちなみに「Ｋｉｍｉちゃん」というのは、妻とつき合う前に片想いしていた女性で、これを書いた直後に他の男と結婚した（笑）。

読み返していて懐かしく感じたのは「第二次超能力ブーム」という言葉。この時代、テレビでは超能力番組やオカルト番組が多かったのである。ブームの火付け役の一人は

Mr.マリックだった。僕など「すごいマジシャンが出てきたなあ」と感心して見ていたものだが、本物の超能力者だと思いこんで騒いでいる人も当時は大勢いた。

最近、ちょっと驚いたのは、二〇代の男性で、マリックが昔は本物の超能力者だと思われていたことを知らない人がいたことである。もの心ついた時から「マリックはマジシャン」というのが常識だったもので、最初からそうだったと思っていたらしい。デビュー当時のセンセーションを記憶している僕らの世代にとっては、「今の若い人はそんなふうに思っているのか⁉」と、逆にびっくりしたものだ。

他にも、この十数年で人々の意識が大きく変化したため、解説がないと若い世代には理解できないであろうと思われるのは、ロリータ本がどうこうというくだりである。一九八〇年代の出版界では美少女ヌード写真集がブームだったのだ。もちろん当時は違法なんかじゃなく、ごく普通に一般書店で売られていた。僕も石川洋司の『妖精ソフィ』(毎日新聞社)や『まだ、少女。』(辰巳出版)を見て、その美しさに心酔して以来、沢渡朔、ジャン・ルイ・ミシェル、ジャック・ブールブーロンなどの写真集を買いまくったもんである(清岡純子はあまり好きじゃなかった)。

また、八〇年代のSFやアニメのファンダム(ファン活動の世界)においては、カリスマである吾妻ひでおのマンガの影響などもあって、ロリコンであることが一種のステータスでさえあった。『超時空要塞マクロス』(八二年)には「ワレラ」「ロリー」「コンダ」という三人組のキャラクターが出てきたぐらいで、当時は「美少女が好きだ」とか「ロリコンだ」と公言することは、ちっとも恥ずかしいことではなかったのだ。

その状況ががらっと変わったのが、文中で「最近はアホな奴がいたおかげで」と書かれている、八九年に逮捕された連続幼女殺害犯・宮﨑勤の事件である。彼がロリコンでアニメファンであったことが報じられると、ロリコンやアニメファンであること自体が危険で忌まわしいことであるかのような風潮が、あっという間に世間に広まってしまった。そんなバカな！　僕は現実の世界で女の子にいたずらしようなんて夢にも思っていないのに！

「年齢や性別に関係なく、美しいものは美しい！」というのは、そうした納得できない風潮、時代の変化に対する、僕なりのささやかな抵抗だったのである。

その後、一九九九年にいわゆる「児童ポルノ法」の施行によって、未成年のヌード映像はすべて「児童ポルノ」とみなされ、美少女ヌード写真集も店頭から姿を消した。美しく清らかなソフィの写真が何でポルノ扱いされにゃならんの⁉　と、これまた納得できない話なのだが、そうした法律ができてしまったんだからしかたがない（以前に買った本を所持すること自体は、今のところ合法なのだが）。

世界は二〇年もあれば劇的に変わってしまう――というのは『フェブラリー』のエピローグでも書いたことだが、これもそうした例のひとつと言えるだろう。

なお、多くのファンをお待たせした続編『宇宙の中心のウェンズデイ――衝突時空世界』は、今年（二〇〇七年）から執筆を開始する予定である。

# ノヴェライズはこうして書かれる

『パラケルススの魔剣』あとがき

この作品は一九九四年、ログアウト冒険文庫より出版された長編を、一部改稿したものです。元は同題のパソコンRPGのノヴェライズで、原案は前作『ラプラスの魔』と同じく安田均氏。例によってシナリオとマップをどんと渡され、「小説書いて」と頼まれたわけです。

ノヴェライズというものを、「ゲームやアニメや映画のシナリオを本に移し変えるだけのお仕事」と思っている人が多いようです。実際、そうした安直なノヴェライズ作品はよく見かけます。しかし、僕はそんないいかげんな態度で仕事をしたことは一度もありません。

ノヴェライズといえども小説は小説です。ゲームのストーリーを忠実になぞるだけなら、わざわざ活字にする意味はありません。ゲーム内の説明不足な点を補完したり、イメージをふくらませたり、キャラクターの内面を描いたり、意外な展開を追加したりして、ゲームをやったことのある読者でも楽しめるものにしなければなりません。いや、「ゲームを上回るほど面白いものを書いてやる！」という意気ごみが必要だと思っています。

良質なノヴェライズの例は、アイザック・アシモフの『ミクロの決死圏』（ハヤカワ文庫SF）でしょう。同題のSF映画のノヴェライズなのですが、映画では触れられていない物質縮小の原理の説明をはじめ、ブラウン運動、表面張力、人体の内部についての解説など、豊富な科学知識がちりばめられ、まさにSF作家にして科学解説家であるアシモフの面目躍如とでも言うべき内容。さらに結末では、観客の誰もが疑問に思った「脳の中に残してきた潜水艇はどうなったの？」という点に、きっちりと合理的な決着をつけているのに感心させられます。

確かに映画『ミクロの決死圏』は面白い。しかし、アシモフの『ミクロの決死圏』も優れた作品です。決して映画の人気にあやかっているわけではなく、独立した小説として楽しめるからです。僕はアシモフに見習いたいと思っています。

さて、この『パラケルススの魔剣』、ゲーム版ではモーガンたちがヨーロッパ各地を回り、様々な秘密結社を潰していくというストーリーだったのですが、それではさすがに分量が多くなりすぎます。そこで、ナチと『神聖なる獣』の二大勢力に焦点を絞って書くことにしました。その一方、僕の考えたオリジナルの設定も数多く追加しています。

もちろん、事前に原作者である安田氏と協議したうえです。

「安田さん、この×××が実は×××××だったという設定にしていいですか？」

「それはやめてくれ」

「ええ？　そうするとつじつまが合うし、劇的展開になるんですけど」

「いや、それはやりすぎやで」

「うーんと、じゃあ、最後に××××××を××させる方法なんですけど、×を動かして××××××……というのはどうですか？」

「おおっ、それ、おもろいやん」

といったやりとりがあったのです。

ゲームのノヴェライズの際に最も気を遣う点は、いわゆる「ゲーム的処理」というやつにどう折り合いをつけるかです。たとえば『ドラクエ』の小説で、いくつも棺桶（かんおけ）をひきずって歩くシーンを書いたらギャグになってしまいますよね？　ゲームのシステムやシナリオというやつは、あくまでゲーム性を優先して作られていますから、そのまま小説に置き換えると不合理な点が多いのです。それをどう脚色すればいいのか、いつも悩みます。

おまけに安田さんという人は、けっこうアバウトな性格なのです。

「安田さん、この最初のパーティのシーンで、コナン・ドイルが出てくるんですけど。ドイルって一九三〇年に死んでるんですけど……」

「知ってるよ、そんなこと。ええやん、ドイル、出したかったんやから」

「でも、この後でナチの強制収容所が出てくるんですけど。ナチが政権握ったの、一九三三年なんですけど……」

「ええやん、出したかったんやから！」

ええんか、ほんまに（笑）。おかげでずいぶん頭を悩ませましたよ。結局、時代設定を一九三二年にずらしたり、強制収容所を実験施設に変更したり、いろいろと設定をいじりました。「小説書く者の身になってシナリオ書いて！」と叫びたくなりましたね。

もっともこの三年前、やはりコンピュータ・ゲーム『サイバーナイト』のノヴェライズを書いた時にも、小説のストーリー展開をゲームに合わせるのに苦しみ、「誰だ、こんなヘンなシナリオ書いた奴は！……ああ、自分か（笑）」と何度もぼやいたものですが。

そう、ゲームと小説の間には、決定的な相違、深い溝があるのです。その溝をどう埋めるか、ゲームの基本設定と雰囲気を尊重しつつ、小説としてオリジナリティをどのように発揮するかが、ノヴェライズ作家の腕の見せどころなのです。


もうひとつ、頭を悩ませたのは、これが雑誌連載だったことです。

雑誌『ＬＯＧＯＵＴ』（アスキー）に一九九三年より連載されました。実は僕は長編の連載をやったのはこれが初めて。ペース配分がつかめず、苦労しました。前半の方に枚数をかけすぎてしまい、「このままだとラストバトルのための枚数が足りない！」と気づき、おおいに悩みました。

ところが、コンピュータ・ゲームの開発が遅れ、発売予定が大幅に延びたのです（ゲーム業界ではよくあることです）。ゲーム発売前に結末を明かすわけにはいきませんから、「もう少し連載を続けてください」と言われました。最初は一冊の予定だった本も二分冊になり、これでラストバトルや、そこに至る過程をみっちり書きこむことができました。この時ばかりは、遅らせてくれたプログラマーの方々に心の中で感謝したものです（笑）。

余裕ができたおかげで、ゲーム版にないシーンもいろいろ付け加えました。ゲームのシナリオを書いた安田均氏が「飛行船を出したかったんやけど出せへんかった」としきりに残念がっているのを耳にしていたので、小説の方では飛行船を登場させました。僕も飛行船は好きだし、第二次世界大戦以前ののんびりした空中戦も好きなので、イギリス人の飛行機乗りスタン（彼も小説版にだけ登場するキャラです）の活躍するくだりは楽しく書けました。

さて、小説家にもいろいろなタイプがあります。プロットを綿密に組み立てたうえで書きはじめる人もいれば、行き当たりばったりに書いていって最後でつじつまを合わせるという人もいます。犯人を決めずに小説を書き進め、ラスト近くになって「さて、誰を犯人にしようか」と考えるというミステリ作家さんも、本当にいます（少なくとも僕は三人知ってます）。それを悪いことだとは思いません。そんな書き方であっても話が破綻なくまとまっているのなら、素晴らしい才能と言うべきでしょう。

僕の場合はその中間。おおまかなストーリーは最初に決めるけど、いい案を思いついたら、設定は書いている途中でどんどん変えていきます。

この『パラケルススの魔剣』の場合、もちろん基本としてゲームのプロットが存在しますし、結末も最初から予定していたものなのですが、小説版の背景設定の大半（スミスとディアーナの正体、月の秘密とカリカンツァロスの起源、ビンセントの語る魔法の原理など）は僕の創作。しかもその多くは、連載を書き進めながら思いついたものなのです。

たとえばアルテミス（ディアーナ）についての設定。実は最初、ギリシア神話をからめる予定はぜんぜんありませんでした。

ゲーム版では秘密結社「神聖なる獣」のリーダーの女性は吸血鬼だったのですが、ポール・バーバー『ヴァンパイアと屍体』（工作舎）を読んでいた僕は、本来の東欧の伝説に登場する吸血鬼が、どちらかというと墓からよみがえってくるゾンビのような存在で、近代のフィクションで描かれている耽美な吸血鬼のイメージとまったく違っていることを知っていました。それでこの設定は変えさせてもらうことにしました。人獣の秘密結社のリーダーなら、正体はやはり人獣であるべきでしょう。

そうなると彼女に新たな名前が必要です。資料としてカルロ・ギンズブルグ『闇の歴史』（せりか書房）を読んでいると、中世のサバトの指導者がディアーナと呼ばれていたことを知りました。人獣を意味するカリカンツァロスという言葉を知ったのもこの本からです。もちろんディアーナとはギリシア神話のアルテミスの別名。それらを強引に結びつけて、「アルテミスは人獣の女神だったことにしてやれ」と即興で思いついたわけです。連載二回目のことです。

もちろんギリシア神話にはそんな話は出てきません。巨人アロアダイ兄弟を退治する際に、アルテミスが鹿に変身したという、あまり知られていないエピソードがあるぐらいです（余談ですが、本作品発表後、某マンガにアルテミスが人獣の女神として登場したのには驚きました。そんな解釈を書いたの、日本では僕だけのはずなんだけど……？）。

その後、第九章まで書き進めたところで、アルテミス信仰をアトランティスに結びつける必要が生じました。そこで「アトランティスという名は、アルテミスの別名であるアタランテが誤って語り伝えられたもの」とこじつけました。すると当然、アトランティスには別に本当の名前があったことになります。そこで本棚から昔読んだギリシア神話の本を引っ張り出し、読み直してみると……。

「あれ？　アポロンとアルテミスがあれだから、デロスがああなって、ポセイドンがからんできて……おおっ、つじつま合っちゃうじゃん！」

いや、この時は自分で感動しましたね。行き当たりばったりに集めたはずの材料が、ジグソーパズルのようにぴたりと合ってしまう快感！　超古代文明説にハマるトンデモさんが多い理由が、よく分かりました（笑）。

逆に言えば、まったくデタラメな説であっても、神話や伝説の断片を適当に拾い出してきて組み合わせれば、それらしいものになってしまうってことが証明されたわけなんですが。

頭を使うけども楽しい長編連載。機会があればまたやってみたいです。雑誌の原稿料と単行本の印税、お金が二度入ってくるのは大変に嬉しい（笑）。おっと、今回、新装版で再版されたので三度目だ。

もちろん、いいかげんに書き飛ばしたつまらない小説なら、たいして売れもせず、こうして再版されることもないわけです。やっぱり力をいれて真面目に書けば、その努力はいずれ報われるのだなあ……と、あらためて心に刻む今日この頃です。

# リレー小説はこうして生まれる

安田均他『ミラー・エイジ』あとがき

この作品はグループSNEのメンバー六人によるリレー小説で、雑誌『ザ・スニーカー』誌上に一九九七年四月号から九八年四月号まで連載されたものです。

普通の小説が一人の作家によって書かれるのに対し、リレー小説は複数の作家が順番にそれぞれの章を執筆することによって完成します。後の章を担当する作家は、前の章のストーリーを読み、その続きを書かなくてはいけません。小説がどう展開するか、どんな結末を迎えるか、作者たち自身にも予想がつきません。

有名なところでは、一九三五年にアメリカの『ファンタジー・マガジン』という同人誌に掲載された「彼方からの挑戦」という作品があります。これは当時人気絶頂のファンタジー作家五人（C・L・ムーア、エイブラハム・メリット、H・P・ラヴクラフト、ロバート・E・ハワード、フランク・ベルナップ・ロング）がリレー形式で執筆したものです。

ソ連では六〇年代に『瞬間を貫いて』というリレー小説がSF雑誌に連載されたこと

がありますし、日本でも七〇年代、かんべむさし、横田順彌、鏡明、川又千秋による『太陽が消えちゃう』というリレー小説が広告業界の専門誌に連載されています。リレー小説は昔から世界のSF界の伝統なのです。

SFやファンタジーの分野ではしばしば見られるリレー小説ですが、他のジャンルにはあまり見当たりません。まあ、「リレー歴史小説」とか「リレー推理小説」といったものが論理的に成立しにくいことは分かるのですが、「リレー・ポルノ小説」とか「リレー恋愛小説」といったものが存在しないのは不思議です。

理由として考えられるのは、「SFファンは連帯感が強い」「SFファンはお遊びが好き」という二点でしょう。SFが好きな人間が何人か集まって意気投合したら、「じゃあ、リレー小説でもやってみっか」という話になるわけですね。

しかし、リレー小説というのはたいていの場合、失敗に終わります。僕もアマチュア時代、何回かやったことがありますが、どれも無惨な結果になってしまいました。リレー小説で傑作が生まれたなんて話は聞いたことがありません。

なぜなら、作家というのはみんな「自分の小説」を書きたがるからです。オリジナリティが作家の生命である以上、それを殺して他人と足並みを揃えるということをしたがらない。特に優れた作家ほど強烈な個性を放ち、他人と違うものを書きたがります。先の「彼方からの挑戦」にしても、ムーアのパートは思いっきりムーアだし、ラヴクラフトのパートは思いっきりラヴクラフト……といったように、各作家の個性が大爆発してるのが面白いんですが、小説としてはぜんぜん整合性のないものになってしまっています。

ですから、グループSNEの社長の安田均が「リレー小説をやろう！」と言い出した時、僕は「失敗する危険が高いですよ」と反対しました。でも、社長の決意は堅い（笑）。それに失敗を恐れて後ろ向きに考えていては、新しいものは生まれません。あえて危険を冒すチャレンジ精神も必要です。

そこでまず、作者全員で協議を行ない、これまでのリレー小説の失敗の原因を検討して、どうすれば成功するかを考えました。

リレー小説が失敗する最大の原因は、結末を考えずに書き進めてしまう結果、収拾がつかなくなってしまうことです。そこで、おおよその結末（この本の第七章）を最初に決めておき、作者全員がそこに向かって話を収束させるように心掛けました。

また、各作家の個性を最大限に生かすためには、あえてストーリーに強い連続性を求めず、舞台や登場人物は共通していない方がいいと考えました。そこで時代を超えて存在する「鏡」というアイテムを設定し、それを題材に、各作家がそれぞれの時代を舞台にした小説を執筆することになりました。

遠い過去の世界を舞台にするというのも、グループSNEとしては初の試みです。僕自身、異世界（『ソード・ワールド』）、未来の宇宙（『サイバーナイト』）、現代の日本（『妖魔夜行』）、一九二〇年代のアメリカ（『ラプラスの魔』）と、いろいろな世界を舞台に小説を書いてきましたが、本格的な歴史ものはこれが初挑戦です。

でも、意外にみんな歴史が好きなんですよね。各作家それぞれに思い入れのある時代があり、思い入れのある人物がいるのです。大学の卒論のテーマが浮世絵だったという友野詳は、江戸末期の浮世絵師・月岡芳年がお気に入りです。同様に、水野良は古代ローマ、白井英はルネサンス時代のイタリア、安田均はヴィクトリア朝のロンドン……内輪褒めになって恐縮ですが、みんな水を得た魚のように、生き生きとその時代を描写しています。

僕はというと、紀元前一三世紀頃の地中海世界を舞台にしたファンタジーをもう二〇年ぐらい前から構想していて、その時代の資料を集めていた関係で、ラメセス二世やモーセといった人物に興味があったというわけです。さらに最後は、大好きな宇宙ネタや物理学ネタをふんだんに盛りこみ、締めさせていただきました。

なお、エピローグは連載終了後、本書のために特に書き下ろしたものです。

この作品がはたして成功か失敗か、それはみなさんの目で判断してください。少なくとも僕は、自分の好きな話を力いっぱい書けたと、自信をもって断言できます。

# この話を書くのは辛かった

## 『サーラの冒険⑤　幸せをつかみたい！』あとがき

四巻『愛を信じたい！』以来一〇年ぶりにお届けする『サーラの冒険』の新作です。三巻を書いた頃に結婚し、生まれた娘が今年で九歳です。本当に時が経つのは早いものだなあと実感します。

今回、初めてこのシリーズに接する方もおられると思いますので、あらためてシリーズ誕生の経緯からご説明いたしましょう。

グループSNE制作のテーブルトークRPG『ソード・ワールドRPG』が富士見書房より初めて発売されたのは、一九八九年のこと。当時は僕もグループSNEの一員で、『ソード・ワールド』の開発には最初から関わっていました。モンスターや魔法などのデータの一部を作成し、テストプレイにも参加。また雑誌『ドラゴンマガジン』にリプレイを連載していました。

同時に『ソード・ワールド』はシェアード・ワールド小説（共通の世界を舞台に複数の作家が書く小説）としても展開していました。僕も短編を何本か書いていましたが、やはり短編だけでなく、柱となる長編シリーズも必要だということになり、僕にその任が回ってきたというわけです。

その際に僕が考えたのは、「ゲームで省略されている部分を小説の形で補完する」ということでした。

たとえば『ソード・ワールドRPG』では、キャラクターが「冒険者の店」にたむろして仕事を探したり、森の中で野営したりする場面がよくあります。実際のプレイでは、ゲームマスターはいちいちそんな部分を詳しく説明したりはせず、さらっと流してしまいます。でも小説として描く場合には、様々な肉づけをしなくてはなりません。「冒険者の店」というのはどんな場所なのか。冒険に出ていない間、冒険者は何をやっているのか。夜の森というのはどんな雰囲気なのか。見張りはどんな会話をしているのか……。

僕の念頭にあったのは、何かの本で読んだリーバイスのジーンズのエピソードでした。一九世紀後半に発売され、西部のカウボーイなどに愛用されたリーバイスのジーンズ。当初は股下にクロッチ・リベットというリベットが打たれていましたが、第二次世界大戦の頃に廃止されました。というのも、ジーンズを履いて焚き火に当たっていると、リベットが熱くなり、股間を火傷する人が続出したからだそうです。

僕はその話を読んで感心しました。西部劇でカウボーイが焚き火に当たっている場面はよく見ますが、「ジーンズのリベットが熱くなる」なんてのは、実際に体験しないと気づかないことです。

そうした事例をファンタジー世界に応用してみたらどうか。平凡な冒険者たちの日常のちょっとした苦労話や失敗談、スケールの大きな英雄物語では無視されるような些細な部分にスポットを当ててみれば、『ソード・ワールド』の世界に人間味が生まれ、リアルになるのではないか。そしてプレイヤーが小説で得た雰囲気をプレイにフィードバックしてくれれば、場面がリアルに想像できて、ゲームがより身近に楽しめるのではないか……とまあ、そんなことを考えたわけです。

ですから、主人公は王族でもヒーローでもなく、何の特殊能力も持たない平凡な少年でなくてはなりませんでした。冒険者に憧れる少年が、大魔王と戦うわけでもなく、世界の危機を救うわけでもなく、先輩たちと旅をしながらちょっとした冒険を積み重ね、いろんなことを教わって人間的に成長してゆく——開始当初の『サーラの冒険』は、そういうコンセプトでした。

あと、（これを言うとみんな笑うんですが）「女の子の裸は出さない」というのも、シリーズ開始当初に自分に課した制約でした。僕の小説というのはヒロインが裸になるシーンが必ずあるというのがお約束だったもんで、このシリーズではそれをやめよう、健全なジュヴナイル路線で行こうと考えたわけです。

第一巻『ヒーローになりたい！』の発売は一九九一年です。

ところが、二巻目まで書いて、これが失敗だったことに気がつきました。平凡な話ほど書いていて苦しいものはない（笑）。派手な事件を起こしたり、すごい怪物を出したり、びっくり仰天の展開にした方が、作者も燃えるんです。そんな当たり前のことに気がついていなかった。

そのまま当初の路線で続けるのはきびしいので、三巻目で思いきって路線変更を試みました。デルという少女を登場させたのをきっかけに、サーラとデルの関係を中心に、構想を練り直したのです。同時に「女の子の裸は出さない」という制約もなしにしました。やっぱり裸はあった方がいいよね、ということで（笑）。

一巻とこの五巻を読み比べてみると、こんなに違う話になっちゃったんだなあと、感慨深いものがあります。実時間では一四年経ってるんですが、物語の中ではたった一年。それなのにサーラの内面はずいぶん変わりました。やはりデルとの出会いが大きなウェイトを占めていますね。

ちなみに、なんでデルを出したかというと、当時は無口で無表情なヒロインというのが珍しかったんですね。その後、某大ヒットアニメの影響で、ちっとも珍しくなくなっちゃいましたが（苦笑）。僕自身、きゃぴきゃぴしたタイプの女の子に飽きていたので、これまで書いたことのないタイプの女の子、あらゆる点でサーラと正反対の女の子として設定したわけです。

彼女を登場させてから、ゲームの方でも「善良なファラリス信者」を出すゲーマーが

増えたと聞いています。僕も『ソード・ワールド』のデザイナーの清松みゆきも、「デ

ルは特殊な例であって、大多数のファラリス信者は邪悪なんだ」と言い続けてたんです

が……今回の話をお読みになれば、「善良なファラリス信者」という概念が、ものすご

く危ういバランスの上に成り立っていることがお分かりになると思います。

この一〇年、よくファンの方から「『サーラ』の新作はまだですか」と訊ねられ、そのたびに「すみません、必ず書きます」と謝ってきました。それなのになかなか書けず、ずるずると今まで延ばしてきました。話が思い浮かばなかったわけではありません。三巻のラストを書いた時点で、五巻をどんな話にするかという構想はできていました。

こういう展開に持っていくために、何年も前から伏線も張っていました。短編「時の果てまでこの歌を」（『熱血爆風！プリンセス』収録）や「奪うことあたわぬ宝」（『へっぽこ冒険者とイオドの宝』収録）を読まれた方なら、今回の話を読まれて「あのシーンにはこういう意味があったのか」と気づかれたはずです。

いつでも書こうと思えば書けたのです。それなのになぜ書かなかったかというと——

書くのが辛かったから。

僕はアンハッピーエンドが嫌いな人間です。だからサーラにも幸せになってほしかった。いつまでもデルとラブラブで、未来に希望があふれていれば、どんなに良かったか。だから今回の展開は自分でも苦しくて苦しくて……最初の方を少し書いただけで何年も

ストップしていました。「なんでこんな話を考えちゃったかなあ」と頭を抱えたもんです。

でも、伏線を張ったまま、いつまでも放り出しておくわけにいかない。『へっぽこ冒険者とイオドの宝』が発売されるのを機会に、「よっしゃ、こうなったらきちんと決着をつけてやろう！」と思い立ったわけです。

ところが、やっぱりこれが辛かった。サーラが村に帰りたがらないのにも手を焼きましたが（キャラクターが思うように動いてくれないのは、とても困ります）、結末に何が待ってるか作者には分かってるだけに、話を進めるのがやたら苦しい。何か月も七転八倒しました。読み直してみても、前半の文章のノリが良くないのがはっきり分かります。

もっとも、ラスト三章はそれまでのスランプが嘘のように、一〇日ほどで一気に書き上がりました。ここまで苦労してお膳立てしたからには、もうやるしかないという感じです。じわじわと上がっていったジェットコースターが落下に転じるように、結末に向かってまっしぐらに突き進みました。特に最終章は、一〇年前から温め続けていた場面だけに、ノリにノリまくって書きました。自分で読み返してみても鳥肌が立ちます。いや、ほんと。結末を知らずに読まれたみなさんは、呆然とされたんじゃないでしょうか。

やっぱり書いて良かったんだと思います。

いちおう次の六巻で完結予定です。さすがに次は一〇年お待たせしません（笑）。一年以内に再会できることをお約束します。サーラは最大の試練を乗り越えて、真のヒーローへと目覚めますし、これまで張っていた他の伏線にも決着をつけるつもりです。

# 〈ソード・ワールド〉とラプラスの魔

## 『サーラの冒険⑥ やっぱりヒーローになりたい！』あとがき

終わりました。

本をあとがきから読むという方のために、結末には触れません。しかし、一年間お待たせしたファンのみなさんには必ずや満足していただける内容であると、自信をもって断言できます。

五巻もかなり難渋(なんじゅう)しましたが、今回も冒頭の部分で、サーラの鬱(うつ)な心理がこっちにも伝染してしまって、書くのが嫌で嫌で、かなり苦労しました。

「作品が、作者の人格に反映する!!」

「一番、影響を受けるのは——作者だからな!!」

というのは島本和彦『吼えろペン』（小学館）に出てくる名台詞(めいせりふ)のひとつですが、創作をやってると実感しますね。書いている間、場面の雰囲気や登場人物の心理状態に影響されるのです。主人公が鬱な場面では鬱になるし、ハッピーな場面ではハッピーな気分になります。主人公から生き方を教えられることもしばしば。

今回も中盤の嬉し恥ずかしなラブコメ展開はくすくす笑いながら書きましたし、クライマックスのバトルは書きながらおおいにエキサイトしました。書きたかったことはすべて書きつくした、という感じです。

今後、番外編の短編を書く予定はありますが、サーラのその後の人生については書こうとは思いません。この巻のラストシーンを元に、あなたが自由に想像していただければ、それが正解です。

ここから先は、『サーラ』と関係のないことを少し書かせてもらいます。

高校一年の頃、文芸部に短期間だけ所属していました。そこで先輩の書いたエッセイの原稿を読んでいたら、「不確定性原理がラプラスの悪魔を否定したように」という表現が出てきました。意味が分からなかったので先輩に訊ねたら、「学校の図書室に『不確定性原理』という本がある。それを読めば分かる」と言われました。

さっそく図書室に行って、都筑卓司『不確定性原理』（講談社ブルーバックス）という本を見つけた僕は、たちまちその面白さに夢中になりました。

二〇〇二年に新装版が出て、今でも入手可能なので、興味がおありの方は読んでみてください。プロローグからして、『巨人の星』の大リーグボール二号の原理を量子論的に解釈する（！）という、今なら誰かが考えつきそうですが、当時としては大変に斬新な手法。ラプラスの悪魔や不確定性原理の解説も、実にやさしくて初心者にも分かりやすい。入門書として最適です。

古典物理学の世界では、これから起きることはすべて決まっている。粒子の位置と、どの方向にどれぐらいの速度で飛んでいるか分かれば、どこに命中するかを正確に予言できる。仮に、無限の計算能力を持ち、宇宙を構成するすべての粒子の状態を把握している悪魔がいれば、未来に何が起きるかをすべて見通せることになる——というのが「ラプラスの悪魔」の概念。

現代物理学はそれを否定します。不確定性原理によれば、粒子は存在可能なあらゆる空間に広がり、確率的に存在している。正確にどこに命中するか分からない。未来は不確定であり、どんな悪魔も（あるいは神も）未来を見通すことはできない。

未来は決まっていない。定められた運命などというものはない——そのビジョンは僕の人生に大きな影響を与えました。何かがうまくいかなかった時、「これが運命だ」などという逃げ口上で自分をごまかすことがなくなりました。未来が決まっていないのなら、努力しだいで成功する可能性は常にあるのですから。

ずっと後になって、僕の書いた最初の長編のタイトルが『ラプラスの魔』だったのは、奇妙な因縁と言えるでしょう。

今回、書きながら考えてしまったのは、「〈ソード・ワールド〉における運命って何だろう？」ということ。

フィクションの世界の物理法則は現実と違います。読者からすれば、まだ読んではいなくても、小説の結末はすでに決定済み。これから結末が変わるなんてことはありえない。つまり古典物理学的世界なのですね。

しかし、ご存知のように〈ソード・ワールド〉はもともとテーブルトークRPGです。フォーセリア世界には魔法やモンスターが存在します。現実世界の物理法則が通用しない反面、ルールに反する魔法は使えない。ルールとはいわばフォーセリア世界における物理法則であり、ルールブックは物理の教科書と言えるでしょう。

ゲームマスターはシナリオを作り、おおまかなストーリーを決めます。いわばキャラクターの運命を司る神様です。しかし、神様の思惑通りに進むとはかぎらない。キャラクターの思わぬ行動がシナリオをぶち壊しにすることもあります。サイコロの目によっては、主役級のキャラクターがあっさり死んでしまうこともある。

そう考えると、〈ソード・ワールド〉においては、現実世界とは異なり、運命は確かに存在するものの、古典物理学ほどに厳密なものではない――と言えそうです。たとえ神によって定められたシナリオであっても、人間の行動や偶然の要素によってひっくり返ることがあるのではないかと。

今回、三章でダルシュが、七章でノアが語る運命観は、そうした考えを念頭に置いたものです。

あと、小説のストーリーが古典物理学的だというのは、実は読者から見た場合だけであって、作者にとってはけっこう不確定だったりするんですよね。さすがに結末まで変わることはあまりないものの、登場人物が作者も予想してなかったアドリブを言ったり、書いてるうちにプロットが変わってきて、執筆に入る前には計算していなかった展開になったりすることは、よくあります。

今回の場合だと、たとえば三章でサーラとアルドが顔を合わせるシーン。最初は「もう気にするな」とか「デルがああなったのは君のせいじゃない」とか何とか、もの分かりのいいことを言わせるつもりだったのに、いざその場面にさしかかって、アルドの心理になってみると——だめですね。やはり女の子を持つ父親として、彼の立場になったと想像すると、絶対にそんなこと言えませんわ。皮肉のひとつも言わないと気が済まない。

完全に計算外だったのは、新キャラのナイトシンガー。単なる使い捨ての敵役のつもりで、内面まで踏みこむ予定じゃなかったんですが、最後に思いがけずキャラが立っちゃったのは、ちょっとびっくり。

こういうことがあるから小説はやめられません。

ニャートさんという方が、これまでのシリーズの記述を分析して、「サーラの冒険事件年表」(http://www.geocities.jp/ateliersweet/Sahra/c-table.html) というページを作ってくださいました。

うーん、細かく見ていくと、いろいろミスってますね（苦笑）。作者も前に書いたことをすべて把握してるわけではないし（昔の作品を読み返していて、意外な記述を発見し「こんなこと書いてたんだ⁉」と驚くことはよくあります）、最初に考えた設定を途中で修正することもあるんで、こういう矛盾が発生することがちょくちょくあるんですよね。

今回も書きながら、「あれ？　ミスリルのお母さんの名前ってまだ一度も出てきてなかったっけ？」と慌てて調べ直したり、ルールブックを読み直していて解釈の間違いに気がついたので訂正したり、前回の事件から五か月後という設定だったのを途中で六か月後に変えたり（「鏡の国の戦争」と整合性を取るため）しました。もしかしたらどこかに矛盾が出てるかもしれませんが……えー、見つけても笑って許してください（笑）。

最後に。

原稿を遅らせてご迷惑をおかけした富士見書房の長谷川高史さん、今回も力の入った素晴らしいイラストを描いてくださった幻超二さん、ありがとうございます。そして、長い中断にもかかわらず、『サーラ』を覚えていてくださった読者のみなさん、本当にありがとうございます。

また別のシリーズでお会いしましょう。

# 第二章　トンデモを見れば世界が分かる?

# とはトンデモのと

## と学会『トンデモ本の世界』まえがき

ここはあなたの知らない世界である。

日常のすぐ隣、あなたがいつも前を通っている書店の本棚に、ごく普通の本のふりをして、それはまぎれこんでいる。現実と異次元、科学と非科学、正気と狂気、大マジメと大ボケのトワイライト・ゾーン。それはこう呼ばれる――

〈トンデモ本〉

そのトンデモなさに、ほとんどの人間は気づいていない。だが、目には見えないけれども着実に、それはあなたの周囲に忍び寄っているのだ。もしかしたら、あなたの友人や恋人も、すでにその世界にはまりこんでいるのかもしれない。

いや、もしかしたら、あなた自身もすでに……？

一九九一年七月、日本ＳＦ大会の会場で知り合ったアマチュア・ライターの藤倉珊氏から手渡された一冊の同人誌『日本SFごでん誤伝』——それがすべてのはじまりであった。

タイトルはもちろん横田順彌氏の『日本SFこてん古典』のもじりであるが、『こてん古典』が日本の昔のSF作品を取り上げていたのに対し、こちらは現代日本に存在する様々な「トンデモ本」を紹介している。これがあまりに面白く、僕はむさぼるように読んでしまった。

トンデモ本とは何か？

藤倉氏の定義によれば、「著者が意図したものとは異なる視点から読んで楽しめるもの」である。要するに、著者の大ボケや、無知、カン違い、妄想などにより、常識とはかけ離れたおかしな内容になってしまった本のことなのだ。したがって、最初から読者を笑わせることを意図して書かれた本は、どんなに内容がトンデモなくても「トンデモ本」とは呼ばれない。

トンデモ本の著者たちはみんな大真面目であり、読者を笑わそうなどとはこれっぽっちも思っていない。しかし、常識ある人間が見れば、その内容は爆笑するしかない代物なのである。

たとえば『近未来のエレクトロニクス』。これは某大手電機メーカーの副社長の講演記録なのだが、「宇宙の中でブラックバーンが爆発した」とか、「エントロピーがだんだん大きくなっていくと、いつ又、この宇宙が爆発するかわからない」とか、「膨張する宇宙の中に、情報を中心にして地球、月、太陽、土星など百四十億個ほどの星がある」などと、ものすごいことを言っている。これを堂々と広報誌に載せて顧客に配ったというのだから、さらにすごい。

これには後日談がある。藤倉氏の友人が面白がってこのコピーを会社に持って行ったら、上司がそれを読み、「なんだかよくわからないが、よいことが書いてある」とか言って、技術課の中で回覧したというのだ。課内が爆笑になるかと思いきや、みんな納得して読んでいたという。

先に「常識ある人間が見れば」と書いたけど、こうなるといったい何が「常識」なのか分からなくなってくる。どうも「宇宙の中でブラックバーンが爆発した」という文章を読んで爆笑する人間の方が、少数派のようなのだ。

この『ごでん誤伝』を読んで、僕は自分がトンデモ本のコレクターだったことに気づいた。もちろん「トンデモ本」という名称は藤倉氏の発明だが、僕がそれまでに集めてきたオカルト・UFO・大予言・超科学関係の本の中には、まぎれもないトンデモ本が多数含まれていたのだ（まともなやつもある。念のため）。

恐ろしいことに、トンデモ本の中にはしばしばベストセラーになるものもある。本書で取り上げた川尻徹、コンノケンイチ、宇野正美、竹内久美子などの本がそうだし、万葉集を朝鮮語で読むという言語道断な本が何冊もベストセラーになったのは記憶に新しい。門田泰明の『黒豹』シリーズにしても、数十万人の愛読者がいるのだ。

こんな面白いものが世の中に氾濫しているというのに、それについて誰も言及しないし、研究もされない——いや、そもそも大多数の人間はその存在にすら気がついていないらしいのだ。

誰かが紹介してくれるのを待ってはいられない。自分たちで積極的に収集し、研究し、この面白さをもっと世間に広めようではないか——そう決意した我々は、トンデモ本を研究するグループ「と学会」を結成した。九二年秋のことである。

と学会の「と」は、「とんでもない」の「と」である。

嬉しいことに、我われの主旨に賛同し、多くの優れた研究者の方々が集まってくれた。UFOや超常現象に詳しい志水一夫氏、漫画原作者で古書コレクターの唐沢俊一氏、疑似科学にめっぽう強い皆神龍太郎氏、科学ジャーナリストの永瀬唯氏……現在の会員数は八〇名にも達する。

三か月に一回の例会も開かれているが、主にパソコン通信のパティオ（専用会議室）で情報を交換し合っている。集団のパワーというのはすごいもので、一人では調査能力の限界のためによく分からなかったことも、次々に分かってくる。毎週のように飛びこんでくる新情報、研究が進むにつれてしだいに明らかになってゆく真相など、その活動は実にエキサイティングだ。

雑誌『宝島30』（宝島社）誌上でも、「今月のトンデモ本」というコーナーを連載させてもらっているが、月に二ページでは、とうていトンデモ本の世界の全貌を明らかにすることはできない。こんなすごい世界があるということを、ぜひ多くの人に知ってもらいたい——そう考えて、本書を執筆することにした。トンデモ本の世界の魅力を存分に味わっていただきたい。

もっとも、ここに紹介された本を読んで、「いったいどこがおかしいの？」と疑問に思われた方は要注意である。あなたはすでにトンデモ本の魔手に捕らえられているのだから……。

## 単行本のための追記

と学会の出した最初の本のまえがきである。これを書いてからもう一〇年以上になるわけだが、と学会の例会は今も年四回のペースで開かれており、会員数は一〇〇人を超えた。パソコン通信のパティオもインターネットのメーリングリストに移行して継続している。『宝島30』は休刊したが、活動の場はむしろ広がった。冗談半分でスタートした会が、こんなに長く続くとは思わなかった。

この頃はなじみの薄かった「トンデモ」という概念もすっかり世間に定着し、今では「トンデモ説」「トンデモさん」といった言葉もごく当たり前に使われている。そのきっかけとなったのがこの『トンデモ本の世界』の発売だったわけだ。そう考えると、何やら感慨深いものがある。

# 人生を決めた古典的名著

## マーチン・ガードナー『奇妙な論理—Ⅰ』解説

人生を決める本、というものがある。

本書『奇妙な論理』の文庫版が社会思想社から出版されたのは一九八九年。それを読んだ僕はあまりの面白さに打ちのめされた。以前から擬似科学に興味があったものの、それをまとめて解説してくれる本がなかったのだ。ガードナーが紹介する古今東西の奇人たちの珍説の愉快なこととときたら！

この本に出会わなかったら、僕は「トンデモ」という概念に目覚めなかったかもしれないし、と学会なんて活動に手を染めることもなかったかもしれない。

著者のマーチン・ガードナーは一九一四年生まれ。科学・数学・パズル・マジック、さらには『不思議の国のアリス』の注釈本など、多方面にわたる解説書があり、小説も書くという多才な人物である。

彼はまたフリンジ・ウォッチャーとしても名高い（「Fringe（周縁）」とは、正統派の科学の周囲に隣接する疑似科学の世界を指す）。一九七六年に設立されたオカルトや疑似科学を批判的に研究する団体CSICOPの主要メンバーであり、CSICOPの機関誌『スケプティカル・インクワイラー』にコラム「フリンジ・ウォッチャーのノート」の連載を二〇〇一年まで続けていた。最近はさすがに高齢のためか、活躍を見かけなくなったのが心配である。

本書は科学の名を騙る疑似科学を批判的に紹介した古典的名著である。原著の初版（原題は『科学の名において』*In the Name of Science*）が出版されたのは一九五二年。ちょうどヴェリコフスキーの『衝突する宇宙』やハバードの『ダイアネティックス』がアメリカでセンセーションを巻き起こしていた頃だ。疑似科学の跳梁が大衆に及ぼす影響の大きさに、科学を愛する当時三〇代のガードナーは危機感を覚えていたのだろう。

もっとも、お読みになっていただければお分かりのように、本書の内容は堅苦しいものではない。ガードナーの文章は論理的で明解であるうえ（特に序章の「疑似科学者の偏執的傾向」の分析は鋭い）、素人にも大変に読みやすく楽しい。多方面の話題に踏みこんでおり、その濃い内容には感心する。これだけのものをにわか勉強で書いたとは思えない。おそらく以前からこの分野に興味があったのではあるまいか。

しかも驚くのは、今から半世紀も前に書かれたにもかかわらず、本書の内容がちっとも古くなっていないことだ。ガードナーが取り上げている疑似科学の中には、現代でもしぶとく生き残っているものが多くあるのだ。

Ｉ巻の「くたばれアインシュタイン」の章では、相対性理論に異を唱える素人科学者の珍説がいくつも紹介されているが、現代日本でも、窪田登司・コンノケンイチ・千代島雅など、反相対論を唱える人物の著書が多く出版されている。彼らがアインシュタインや彼を支持する科学者を罵倒するやり方は、ガードナーが引用するグレイドンやキャラハンの文章とそっくりである。

ヴェリコフスキーやヘルビガーの地球激変説にしても、同様の説を唱える人間は跡を絶たない。近年ベストセラーになったグラハム・ハンコックの『神々の指紋』も、地球規模の天変地異が超古代文明を滅ぼしたという内容で、ヘルビガーの同工異曲と言えよう。

地質学や進化論に反対する聖書ファンダメンタリストの珍説は、本書が書かれた時代よりさらに手がこんだものになり、多くの信者を獲得している。ファンダメンタリストは自分たちの宗教的信念を「創造科学（クリエーション・サイエンス）」と呼び変え、れっきとした科学なのだから公立学校で通常の進化論と同じ時間だけ子供たちに教えるべきだというキャンペーンを繰り広げてきた。八〇年代初頭、連邦裁判所は創造科学を宗教であると認め、公立学校での宗教教育を禁じた合衆国憲法に違反するという判決を下した。だが、ファンダメンタリスト勢力がそれであきらめたわけではない。彼らは最近では創造科学をＩＤ（インテリジェント・デザイン）理論と呼び変えている。生命は知性ある存在によってデザインされたというもので、「神」という単語を使っていないから宗教ではない、というトンチのような主張なのだが、中身が創造科学と同じものであるのは明白だ。二〇〇二年四月には、オハイオ州の教育委員会がＩＤ理論を生物の授業で教えることを決定し、問題になっている。

ダイアネティックスも健在だ。創始者であるＳＦ作家Ｌ・ロン・ハバードが設立した新興宗教団体「サイエントロジー」は、アメリカに根強い勢力を持っており、俳優のジョン・トラボルタやトム・クルーズも信者である。ハバードの小説『バトルフィールド・アース』をトラボルタが製作、自らも出演していたのは、そういう背景があったからなのだ（ちなみにこの映画は、その年の最低の映画を選ぶゴールデン・ラズベリー賞で、最低作品賞、最低主演男優賞、最低監督賞など七部門を受賞している）。

数年前に日本でも流行した「波動機器」ＭＲＡは、Ⅱ巻「奇跡の医療機械」で紹介されているエーブラムズの「ダイナマイザー」「オッシロクラスト」の遠い子孫に当たる。オッシロクラストの正体が電気部品の無意味な組み合わせだったのと同様、人体の発する「波動」を分析して病気を診断できるというふれこみのＭＲＡも、中身はただの電気抵抗測定器で、しかもダイヤル部分とプローブ部分が電気的に接続されていないという、まったく無意味な代物だったことが暴かれている。

ベイツ療法、ライヒのオルゴン理論にも今なお信者がいる。ダウジング、アトランティスとムー、ホメオパシーなどについては言うまでもない。ラインらのＥＳＰ研究に対するガードナーの批判は、今でも有効だ。

確かに半世紀の間に廃れてしまった説もある。その反面、新たなトンデモ説が次々に生まれてきている。エイリアン・アブダクション、キャトル・ミューティレーション、ミステリー・サークル、悪魔主義者による幼児虐待、スカイフィッシュ……。

これらは現代の迷信である。昔の人間は「狸が人を化かす」とか「ダンスを踊って悪霊を追い払えば病気は治る」などと信じていた。二一世紀の人間はそんなことを信じなくなった代わり、「アポロの月着陸はでっちあげだ」とか「ロズウェルに異星人の乗った円盤が墜落した」とか「血液型で人間の性格が分かる」とか「トルマリンはマイナスイオンを発生させるので健康にいい」などという新たな迷信を信じている。今から数百年後の人間は、たぶんまた別の迷信を信じているだろう。「冥王星の氷は健康にいい」とか「大熊座六一番星人とのコンタクトはでっちあげだ」とか。

これは人間という知的生物の限界ではないか、と僕は最近感じている。もっと大きくて複雑な脳を持つ生物なら、科学の進歩とともに迷信から完全に脱却できるのかもしれない。しかし、人間の脳では無理なのだ。

言ってみれば疑似科学は人間の性(さが)なのではないか。どれだけ時代が進み、科学知識が深まろうと、常に新たな珍説を唱える奇人が登場し、多くの人が彼らを信奉するだろう。

だからこそ僕たちは疑似科学をよく知らなくてはならない。絶滅することが不可能である以上、つき合い方を学ばねばならない。常に懐疑的なスタンスを持ちつつ、トンデモ説を笑って楽しむ心のゆとりが必要だ。

疑似科学の多くは過去にあった説の蒸し返しだ。過去にどんな説があったかを知ることは、あなたを改宗しようと狙ってくる新たな疑似科学に対し、有効な免疫となることだろう。その意味でも、本書はできるだけ多くの方に読んでいただきたいと思う。

# ノストラダムスはロールシャッハ・テストである

## 『トンデモノストラダムス本の世界』あとがき

結局、「ノストラダムスの大予言」とはいったい何だったのか？

それは一種のロールシャッハ・テストだ、と僕は考える。

ただのインクの染みが、人によって「チョウチョ」に見えたり、「悪魔の顔」や「抱き合っている男女」に見えたりする。それと同じで、あいまいな言葉で書かれているノストラダムスの予言詩は、読む人間の主観によって、どのようにでも解釈できてしまう。

自分が平凡な人間であることにコンプレックスを抱く英森単氏は、優秀なクローン人間の出現を詩の中に読み取る。聖書を深く信じる内藤正俊氏は、聖書の預言を読み取る。地震に興味を持つ池田邦吉氏は、地震や火山噴火に関する予言ばかりを読み取る。戦争を嫌う一方、自ら「助平」と認めるミカエル・ヒロサキ氏は、平和的でエッチな予言ばかりを読み取る……。

そう、ノストラダムスの四行詩の中には、彼らの望むことは何でも書かれているのだ。

池田邦吉氏や浅利幸彦氏や中村恵一氏のように、「ノストラダムスの詩には私のことが予言されている」と信じる人が現われるのも、不思議ではない。

ノストラダムス研究家の中でただ一人、ヴライク・イオネスクがソ連崩壊を予言できたのも、彼がルーマニアの共産主義政権下で迫害を受けたことと無関係ではあるまい。彼の予言詩解読からは、共産主義に対する強烈な怨念が感じられる。それが彼の研究の原動力となっていたことは間違いない。

そう、ノストラダムスの予言が映し出すものは未来のビジョンなどではない。研究家たち自身の心の中――彼らの抱いている恐怖や願望なのだ。

それにしても、なぜノストラダムスの予言はこんなに人を惹きつけるのか？　浅利幸彦氏は『セザール・ノストラダムスの超時空最終預言』のあとがきでこう書いている。

こんなことを街角でわめいたら、変人か狂人扱いされるだけだ。あるいは怪しい新興宗教に洗脳されてしまった哀れな人、と思われるだろう。

だが、予言を研究していくと確かにこのような結論にいきつく。私はなんとしてでも真理を理解したかった。自分と人類の存在理由を納得したかった。

自分の存在理由――そう、ノストラダムス研究家たちにとって、予言詩の解読とは、自らのレゾンデートルを確立する作業そのものなのだ。「私は世界でただ一人、ノストラダムスの予言を正しく解読できる人間だ」という信念は、自分が才能ある特殊な存在であり、「どこにでもいる誰か」ではないことを確信させてくれる。「変人か狂人扱い」されるのも、たいしたことではない。彼ら研究家にしてみれば、自分の偉大な業績を認めようとしない連中は愚か者であり、世間から嘲笑されることはむしろ誇りなのである。

彼らがあれほど大災害や人類滅亡の予言に魅了されるのも、「私の価値が認められない世の中なんて滅びてしまえ」「私を笑った連中なんてみんな死んでしまえ」という願望がひそんでいるように思われてならない。その証拠に、大災害や核戦争のシナリオをつむぎ出す彼らの筆はうきうきしており、多数の死者に対する哀悼など微塵も感じられないのだ。

池田邦吉氏は『ノストラダムスの預言書解読III』のあとがきで、予言詩の解読作業を、「不謹慎かもしれないが、とても楽しかった」と書いている。それは楽しかったに違いない。何億という人間を紙の上で抹殺してみせたばかりか、自分が偉大な人物として世界中から拍手喝采されるという夢を満喫することができたのだから……。

だが僕には、そうした幻想に頼るしかレゾンデートルを保持できない彼らが、むしろ哀れに感じられる。なぜ「特殊な人間でなくてもかまわない。私は私だ」という誇りを持てないのか？　自分の存在理由なんて、自分で決めればいいことだ。ノストラダムスの予言の中からそれを読み取ろうなんていうのは、結局のところ、自分を信じていないということではないのか？

現代物理学の進歩は古臭い運命論を打ち砕いた。不確定性原理の発見、そしてバタフライ効果の発見は、この世界が定まったレールの上を進んでいるのではないことを明らかにした。「世界」という名の舞台にシナリオなどはなく、すべてはアドリブによって進行する即興劇なのだ。

この舞台の上であなたがどんな役を演じるのか、それはあなた自身が選択することだ。ドラマがどんな結末を迎えるのかも、あなたの行動によって決まる。「ノストラダムスの大予言」などという、ありもしないシナリオに振り回されるのは愚かなことである。まる子ちゃんのお姉さんが言うように、「ただのバカな大人として残りの人生すごす」はめになるだけだ。

そう、未来はあなたが創るのだ。

# ノストラダムスはバレンタインデーである

『トンデモ大予言の後始末』あとがき

聖バレンタインデーってご存じですか？

「二月一四日。女性が男性にチョコレートをプレゼントする日でしょ？　そんなの常識だよ」

そう、誰でも知ってますね。

じゃあ、聖バレンタインってどんな人ですか？

この質問に正しく答えられる人は、おそらく日本人の一パーセントにも満たないだろう。実を言えば、僕もつい最近まで知らなかった（笑）。

紀元三世紀。ローマ皇帝クラウディウス二世は、兵士は結婚すると士気が落ちるという理由で、結婚禁止令を出した。しかし、インテラムナの司教ウァレンティヌス（英語読みではバレンタイン）はその無茶な布告に反し、若い恋人たちにこっそり婚姻の式を挙げてやっていた。それが発覚し、ウァレンティヌスは皇帝の前に引きずり出され、ローマの神々に改宗するよう強要された。しかし、彼はあくまで改宗を拒否、紀元二七〇年（二六九年という説もある）二月一四日、棍棒と石で打たれたのち、首を切られた……。

さて、ローマでは毎年二月一五日、ルペルカーリアという祭典があり、その日には恋人選びのくじ引きが行なわれていた。恋人が欲しい一〇代の娘たちが、自分の名前を書いた紙を箱の中にいれ、それを男たちが引くのだ。こうしてできたカップルは来年のくじ引きの日まで恋人でいられた。ヴァレンティヌスの死から二世紀後の紀元四九六年。法王ゲラシウス一世は異教の祭であるルペルカーリア祭を禁止し、代わりに前日の一四日を恋人たちの守護聖人ヴァレンティヌスの日とした。恋人選びのくじ引きを禁止されたローマの若者たちは大いに不満を抱き、くじを引く代わり、二月一四日に好きな娘に愛のメッセージを書いたカードを贈ることを思いついた。やがてその習慣は西欧社会全体に広まり、「バレンタインデーは親しい人にカードを贈る日」となって定着していった……。

え？　チョコレートはどうしたって？

実は「バレンタインデーは女性が恋人にチョコレートを贈る日」というのは、日本のチョコレート業界の陰謀なのである。売り上げを伸ばすためにインチキな伝説を広めたのだ。欧米でもバレンタインデーに親しい人にプレゼントする風習があり、チョコレートを贈ることもあるが、必ずチョコレートと決まっているわけではなく、男性から女性にプレゼントする場合も多い。バレンタインデーに女性が男性にチョコレートをプレゼントする風習があるのは日本だけなのだ（出版業界がこれをまねして「サン・ジョルディの日」というのを広めようとしているが、うまくいっていないようだ）。

ノストラダムスもこれに似ている。日本人の大多数がノストラダムスの名を知っているが、彼がどんな人物だったのか、どんなことを書いたのか、知っている人間はほとんどいなかった。この四半世紀、五島勉氏が創作した、実像とはかけ離れたノストラダムス像が一人歩きしてきた。人々は本当のノストラダムスを知らないまま、「恐怖の大王」の影におびえ続けていた。

だが、その時代はもう終わった。

去年から今年にかけて、岩波書店からノストラダムスに関する学術的研究書が二冊も出版されている。P・ブランダムール校訂／高田勇・伊藤進編訳『ノストラダムス予言集』と、樺山紘一・高田勇・村上陽一郎編『ノストラダムスとルネサンス』である。フランス文学者や歴史学者が真剣にノストラダムスの文献的研究に取り組むようになったのだ。アマチュアでもノストラダムス研究に取り組んでいる人は何人もいる。二〇〇三年はノストラダムス生誕五〇〇年に当たり、国際的な学会の開催も計画されているという。

ようやくノストラダムスの真の姿――ルネサンスの時代の詩人であり文化人であった彼の素顔が、日本に知られはじめたのだ。こうした真面目な方々の努力を目にしては、もはや僕のような素人が口をはさむ余地はない。

今後もおそらくノストラダムスについて珍説を唱える本が何冊か出るだろうが、もはや主流にはなりえない。歴史知識がなく、フランス語も読めないオカルト・マニアたちが、何の根拠もなしに珍解釈を競い合う時代は終わった。これからは豊富な知識を持った歴史家や文学者たちが、学術的にノストラダムスを研究する時代なのだ。「一九九九年七の月」の呪縛から解き放たれた今こそ、本当のノストラダムス本——トンデモではないノストラダムス本の時代が幕を開けたのである。

## 単行本のための追記

ここで紹介したウァレンティヌスの伝説は、実際には中世になってから創作されたものとも言われている。ウァレンティヌスという人物自体も存在を疑問視されている。

カトリック教会では、第二バチカン公会議（一九六二〜六五年）以降、史実上の存在が確かでない聖人は聖人暦からはずされている。したがって現在、カトリックの聖人暦に「聖バレンタインデー」という日はない。

# テレビはあなたを騙している！

皆神龍太郎・志水一夫・加門正一
『新・トンデモ超常現象56の真相』解説

あなたは愚弄されることがお好きだろうか。「好きなわけないじゃないか」って？　ごもっとも。しかし、あなたは知らないうちに愚弄されているのである。

マスメディアに携わる連中——テレビ局や制作会社のスタッフによって。

たとえば政治や経済、スポーツなどの番組で、テレビが誤ったことを報じたら、ただちに訂正や謝罪が入る。人名や地名がちょっと間違っていたというだけで、「ただ今の番組の中で○○さんのお名前が間違っておりました」とアナウンスされることもある。当然だろう。テレビの影響力はあまりにも大きい。だからこそ、テレビが誤った情報を流すなんてことは、あってはならないのだ（『ニュースステーション』の「所沢ダイオキシン報道」が起こした騒ぎを思い出していただきたい）。

しかし、オカルト番組では、なぜかこの原則は適用されない。スタッフは嘘と知りつつデタラメを垂れ流す。UFOや幽霊や超能力に関する肯定的な情報は電波に乗るが、懐疑的な情報はたいていカットされてしまい、視聴者の目には届かない。間違ったUFO情報を流したテレビ局が後で謝罪したとか、嘘の番組を作ったスタッフが処罰されたなんて話は、聞いたことがない。

一例を挙げよう。一九七五年、ローレンス・D・クシュは『魔の三角海域』(角川文庫)という本を出版した。船や飛行機が「跡形もなく消失する」と言われるバミューダ・トライアングルの謎に興味をもったクシュは、徹底した資料調査を行ない、そうした事件のほとんどが、ハリケーンや強風などの悪天候、飛行機の構造欠陥、荷の積み過ぎなど、ありきたりの原因による遭難にすぎなかったことを証明した。オカルト・ライターたちがそれらの事件を誇張したり、事実を歪曲したりして、「謎の消失」に仕立て上げていたのだ。あきれたことに「バミューダの謎の消失」にリストアップされていた事件の約四分の一は、バミューダから遠く離れた海域で起きたものだったのだ。一九〇二年に太平洋を無人で漂流しているのを発見されたフレヤ号、一九二五年にボストン沖で嵐に遭って遭難した来福丸、一九六三年にメキシコ湾で沈没したマリン・サルファー・クイーン号などだ。

『謎の三角海域』は現在では絶版で、入手困難だが、僕はこの本の内容を要約し、一九九七年に『トンデモ超常現象99の真相』(洋泉社)の中で紹介した。しかし、何の効果もなかった。テレビはその後も「バミューダ・トライアングル」に関して誤った情報を流し続けたのだ。

日本テレビの『特命リサーチ200X』、NHKのドキュメンタリー『海』、テレビ朝日の『たけしの万物創世紀』といった番組は、「バミューダ・トライアングル」を取り上げ、この海域で船や飛行機が跡形もなく消える事件が多発していると解説した。そればかりか、三つの番組ではいずれも、フレヤ号、来福丸、マリン・サルファー・クイーン号が、「バミューダで消失した船」として名前を挙げられていたのである！

番組制作者が事実を知らなかったんだろうって？　とんでもない！　少なくとも『特命リサーチ200X』に関しては、スタッフは事実を知っていた。この番組の単行本『特命リサーチ200X　F.E.R.C.極秘調査報告松岡征二ファイル　超常現象編』（日本テレビ）の巻末には、ちゃんとクシュの『魔の三角海域』が参考文献として挙げられているのだ！　スタッフはクシュの本を読んでおり、「バミューダの謎の消失」など起きていないことなど承知の上で番組を作っていたのである。

なお、僕はそれ以前にも『トンデモ超常現象99の真相』の内容について、何度か『200X』のスタッフから電話での問い合わせを受けたことがある。彼らが『99の真相』を読んでいることは間違いないのだ。

これらは「消極的虚言」と呼ぶべきだろう。嘘こそついていないが、真実を暴く重要な情報を故意に隠蔽することによって、視聴者を間違った方向に誘導しているのだ。

それに対し、「積極的虚言」も多数存在する。番組スタッフがありもしない事実を創作してしまうこと——いわゆる「ヤラセ」である。

一例として、二〇〇一年三月一四日にTBS系列で放映された『オフレコ!』のUFO特集を見てみよう。この番組は最初から最後まで嘘とデタラメだらけだった。そもそも「未公開映像多数!」という予告からして嘘で、番組に使われた映像の大半はすでに他局のUFO番組で放映済みのものだったのだ。

数少ない未公開映像は、ロシアで撮影された菱形のUFO。しかしこれ、一九八九年に金沢でそっくりなものが撮影されており、正体はとっくに解明されている。ビデオカメラのアイリス（絞り）だ。多くの機種では、アイリスは二枚のL字形の羽根が組み合わさった菱形をしている。金星や遠くの飛行機など、明るい光点をビデオカメラで撮影する際、ピントがぼけると、光点が拡大されて菱形になってしまうのである。

番組には志水一夫氏が出演していたが、ビデオの内容について当たり障りのないコメントをした部分しか放映されなかった。また、「我々は志水先生のもとを再び訪ね」というナレーションが入り、あたかも志水氏の自宅を二回訪れたかのように視聴者に思わせていたが、志水氏におうかがいしたところ、取材を受けたのは一回だけで、撮影は赤坂にあるTBS側の制作事務所で行なわれたという。

スタッフはビデオの謎を追ってロシアに飛ぶ。ビデオを送ってきたロシアのテレビ局のプロデューサーいわく、

「これは一九九八年、黒海に面した街で偶然撮られた映像です」

あの〜、画面左下隅の日付表示、「1993」と読めるんですけど（笑）。

さて、このロシア人プロデューサー、金庫に厳重に保管していたビデオを取り出す。ひとつは「とある国の麦畑でミステリー・サークルができる決定的瞬間をとらえたもの」だ。このビデオの真相は本書の中でも説明されているが、イギリスのビデオ制作会社に勤務するCGの専門家が撮ったもので、CGによる偽造映像であることはとっくに解明済みの代物だ。しかもこの映像、以前に日本テレビの番組で放映されたこともある。当然、極秘でも何でもないし、貴重なものでもない。なぜそんなものを大事そうに金庫にしまうのだ？

まず間違いなく、金庫からビデオを取り出す場面はヤラセである。イギリスという国名を伏せたのも、「ロシアから流出した極秘映像」だと視聴者に思わせようと弄した小細工だろう。

次に紹介されるのは、宇宙から地球を見下ろした映像に写っていた光点で、「高度1万km上空の軍事衛星から撮影された映像」というテロップが入った。これも九二年に日本テレビの番組で放映されたことがある。アメリカのスペースシャトル〈ディスカバリー〉（高度はせいぜい数百キロ。もちろん「軍事衛星」ではない）から撮影されたもので、光点の正体はシャトルから排出された水が凍ってできた小さな氷のかけらだ。

スタッフはさらに、ロシア国防省航空宇宙超常現象問題主任研究員（ほんとにあるのか、そんな役職？）と称する人物に会う。彼は「今から二三年前（一九七八年）、旧ソ連が打ち上げた宇宙船ソユーズ六号」がＵＦＯと遭遇した際の交信記録なるものを聞かせる。しかし、一九六九年一〇月一一日に打ち上げられ、五日後に地球に帰還したソユーズ六号が、どうやって一九七八年にＵＦＯと遭遇したというのだろう……？

他にも番組には、旧ソ連が「サラトフ軍事飛行機工場」で開発していたという「ＵＦＯ型戦闘機」の「極秘映像」も出てきた。これも極秘でも何でもない。西村直紀『続・世界の珍飛行機図鑑』（グリーンアロー出版社・九八年）に写真が載っている。サラトフ市でＥＫＩＰという民間団体が開発中の機体（資金難のために計画は難航しているらしい）で、当然、「軍事工場」「戦闘機」というのも嘘なのだ。

この「ロシア製ＵＦＯ」、後でテレビ朝日の番組『不思議どっとテレビ。これマジ⁉』にも登場した。この番組は『オフレコ！』に輪をかけて悪質だった。スタッフは地図にも載っているサラトフ市を、「秘密の軍事都市」に仕立て上げたのだ！

また、『これマジ⁉』では、「日本初公開！」というテロップとともに、「ＵＦＯ墜落現場の写真」なるものを放映したこともある。しかし、この写真は立花隆『インターネットはグローバル・ブレイン』（講談社・九七年）にも掲載されており、その正体がテレビドラマ『トワイライト・ゾーン』の「幻の宇宙船」というエピソードの一場面に加工したものであることも、ちゃんと説明されている。四年も前にメジャーな出版社から出た本で紹介され、とっくに正体が暴かれている映像を「日本初公開！」と称して放映するのだから、見上げた根性と言うべきか。

それにしても、なぜこれほどひどいインチキが堂々とまかり通っているのか。

おそらく、この手の番組のスタッフは、視聴者をなめきっているのだろう。「どんなデタラメを言ったってバレやしない」「こんな番組を見る奴なんて、どうせバカばっかりなんだから」と。

ちなみに、この手の番組でお笑いタレントが司会をするケースが多いのは、何か問題が起きた場合に、「あれはドキュメンタリーじゃなくバラエティ番組なんですよ。その証拠にお笑いタレントが出てるでしょ」と言い訳するためだと言われている。

彼らの辞書に「誠実」の二文字はない。彼らは視聴者全員を愚弄しているのだ。

九五年のオウム事件の直後、さすがにどこのテレビ局も自重して、オカルト関連の番組を放映しなくなった。過去二〇年以上、マスコミが無責任に垂れ流してきたオカルト情報が、若い世代のオカルトへの興味をかきたて、間接的にオウムを産む要因のひとつになったことは、誰でも気がついているはずである。

しかし近年、もうほとぼりは冷めたと判断したのか、またぞろインチキなオカルト番組が横行するようになった。

オウムでさえなければ危険はないとでも言うのだろうか？　たとえばTBSの『USO!?ジャパン』で、毎回、心霊写真の鑑定を行なっていたマンガ家が、某新興宗教団体の大教主様でもあるという事実を、なぜ視聴者に隠していたのだろう？　このマンガ家に限らず、オカルト番組に登場する「霊能者」の中には、特定のカルトと結びついていたり、自身が教祖様であるという例が少なくない。番組は間接的にそうした団体のＰＲになっているのだ。

これらの番組はどれもゴールデンタイムに放映され、一〇パーセント以上の視聴率を記録している。稲田植輝『放送メディア入門』（社会評論社・九四年）によれば、全国ネットの番組の場合、視聴率一パーセントは約四二万世帯、約七一万人に相当するという。視聴率一〇パーセントの番組なら七〇〇万人が見ている計算だ。その影響力はどんな雑誌や新聞も上回る。

まあ、『東スポ』を読むような感覚で、この手の番組を笑いながら見るのは支障なかろう。実際、僕も毎週、『これマジ⁉』や『ＵＳＯ⁉ジャパン』を大笑いしながら見ている。おそらく視聴者の多くも、こうした番組を真剣に見てはいないのだろう。

しかし、視聴者全員がそうではない。実際、『これマジ⁉』を信じてしまい、「スプーン曲げが科学的に証明された！」とはしゃいでいた人がいた（苦笑）。視聴者の中に騙されやすい人間が一割しかいなかったとしても、七〇万人が嘘の情報を信じてしまうことになる。恐ろしい話ではないか。

本書は先に紹介した『トンデモ超常現象99の真相』の姉妹編とも呼ぶべき内容で、オカルト雑誌やテレビのオカルト番組でよく使われるネタを取り上げ、その真偽を究明した本である。

超能力者クロワゼットの透視、宜保愛子の霊視、岐阜県富加町で起きたポルターガイスト事件、額に貼りつくコイン、月の魔力、キルリアン写真、ヒル夫妻事件、エリア51、水晶ドクロ、吸血怪獣チュッパキャブラス……あなたもこのうちのいくつかは、テレビや雑誌などで目にしたことがおありだろう。本書では、テレビがめったに取り上げることのない、そうした事件の真相を解明している。

僕がとりわけ興味深かったのは、江戸時代の異星人遭遇談と言われる「うつろ舟の蛮女」である。

一九七二年、NHK少年ドラマ・シリーズの第一作『タイム・トラベラー』（原作は筒井康隆『時をかける少女』）が放映された。当時としては珍しい本格SFドラマで、僕は夢中になって見ていた。番組では毎回、冒頭で、世界各地に起きた不思議な事件が、城達也のナレーションによって紹介された。その第一話の冒頭で読み上げられたのが、この「うつろ舟の蛮女」のエピソードだったのである。

まさにUFOとしか思えない円盤型の乗り物の中から現われた、異国風の不思議な服を着た女――いや、ゾクゾクしましたね。それ以来ずっと、「あれは何だったんだろう」と気になっていたのである。

その真相については、本書の加門正一氏による詳細な検証を読んでいただきたい。

こういうのを読んで「夢が壊れた」と思う人もおられるかもしれない。実際、僕も「伝説」と「真実」のあまりの落差にがっくり来たことが何度もある。

しかし、本書には凡百のオカルト本とは別の面白さがある。真実を追究し、知識を深める面白さだ。それらは決してテレビの軽薄なオカルト番組では味わえないものである。加門氏による「うつろ舟」伝説の研究など、まさにその好例であろう。実は同様の話は日本各地に分布していたのである。読み進むうちに、あなたはＵＦＯの世界から民俗学の世界に踏みこみ、伝承というものの不思議さに魅了されるだろう。

いつまでもテレビのスタッフに愚弄され続けていいはずがない。インチキ番組に騙されないためには、こっちも知識を深めておく必要がある。知識と懐疑精神こそ、トンデモの病魔に感染しないための免疫なのだ。

本書を読まれた方は、これからオカルト番組を見る際、別の楽しみ方ができるはずである。視聴者を欺こうとするスタッフを逆に嘲笑(あざわら)ってやる楽しみだ。「お前ら、こんなので騙せるとでも思ってんの？　バッカじゃない？」と。

# 目に飛びこんだウロコの話

と学会『トンデモ本の世界S』あとがき

日本SF界の重鎮、故・星新一氏の名言のひとつに、僕が座右(ざゆう)の銘としている言葉がある。

「目のウロコが落ちたのと、飛びこんだのとはどこで見分けるんだ？」

もう一〇年も前になるが、ある原稿でこの言葉を引用した際、原典が手許になく、時間も足りなかったので、やむなく記憶に頼って不正確な引用をしてしまった。その後、気になったので、星氏の発言のソースを探し出した。

それは『SFマガジン』一九六八年二月号の「新春SF放談会　SF人がこう評価する」という座談会でのこと。出席者は星氏の他に、大伴昌司・小松左京・筒井康隆・手塚治虫・半村良・平井和正・福島正実・眉村卓・南山宏……といったそうそうたる面々。

その座談会の中で、奇現象研究家として名高い斎藤守弘氏が「最近のSFには発見性がない」と批判した。「ふつうの小説にはどんなつまらないものを読んでも、確かに発見性がある」「いまの世の中は発見だらけなんだ。みんなには、目のウロコみたいのがあって、それを見出せないんだよ」と。

ところが、その「発見性」なるものが何を指すのか、他の出席者には理解できない。「センス・オブ・ワンダーということですか？」（豊田有恒）、「文学精神のことといってるわけ？」（筒井康隆）、「インスピレーションでもない？」（手塚治虫）、「クリエイティヴだということじゃないの」（石川喬司）などと寄ってたかって問い質すのだが、斎藤氏はどれも否定する。ところが、説明を要求しても、斎藤氏自身にも「発見性」とは何なのか具体的に説明できない。「禅問答だなまるで」と言う平井和正氏。

作品名をひとつ挙げてくれと言われた斎藤氏、「誤解を招くかもしれないけど、石原慎太郎なんかそうです」「あれは当時の文学のパターンを破った──人間の見方をね」と言う。たちまち、「慎太郎なんて新しいんじゃなく繰り返しだよ」（矢野徹）、「あんなものは当時の文壇にとって新しかったんであって文学としてはべつに新しかったんじゃない」（眉村卓）などと、集中砲火を食らう。

そこで星氏のこんな発言。

「目のウロコが落ちたのと、飛びこんだのとはどこで見分けるんだ？　本人は落ちて新しいものが見えだしたと思ってるけど、じつは飛びこんだから見えだしたんだ（笑）」

斎藤氏はなおも反論するのだが、これはどう見ても斎藤氏に分が悪い。彼は昔からあるものを新しい概念だと勘違いして「発見性」と名づけ、他の者にそれが見えないのは目にウロコがあるからだと思っているのだ。

そもそも「目からウロコが落ちる」というのは聖書の世界の言葉である。『使徒言行録』九章、キリスト教徒を迫害していたサウロが、天からの光とともに「なぜ私を迫害するのか」というイエスの声を聞き、とたんに目が見えなくなる。彼の家に、やはりイエスの声に導かれたアナニアがやってきて、サウロの上に手を置く。すると、目からウロコのようなものが落ちてサウロはまた目が見えるようになる。彼は改心して洗礼を受ける。

だから、何かの宗教に入信した人が「目からウロコが落ちた」と言うのは、用法としては正しいのである。しかし、僕みたいな無神論者は、ついつい星氏と同じことを言いたくなってしまう。「それって本当はウロコが飛びこんだんじゃないの?」と。

ウロコとは、心の目にかかった偏見のフィルターである。フィルターがなくなれば、世界がよりクリヤーに見えると思われるかもしれない。それは逆だ。このフィルターは自分に都合の悪い情報をシャットアウトする働きがある。だから目にウロコが飛びこんだ者は、不都合なことが目に入らなくなり、世界が単純明快に見える。「目からウロコが落ちた」と勘違いしてしまうのだ。

一例を挙げるなら、「唯物論や進化論は人間を堕落させる」と主張する人たちがいる。神や霊が存在することや、人間が神に創造されたことを子供に教えれば、神を崇める心が生まれ、人は犯罪に走るはずがない、というのだ。

しかし歴史を見れば、人類は唯物論も進化論もない時代から、戦争・大量虐殺・拷問・虐待・人身売買・弾圧などなど、数えきれないほどの愚行・悪行を犯してきたのは明白である。宗教が原因で起きた戦争や虐殺事件やテロもたくさんある。むしろ昔の人間の方が今よりはるかに残酷で、モラルも低かった。人権意識が向上し、そうした行為が禁止されるようになってきたのは、むしろ唯物論や進化論が台頭してきた一九世紀以降である。それなのに、彼らはその事実を都合よく無視する。

「化学物質は危険」「天然のものは安全」という信仰も、やはりウロコである。自然界にも毒物は多数存在するし、人工物質にも無害なものはたくさんある。そもそも「化学物質」という言葉を天然物質の反対語として使うのが間違いである。自然界に存在する物質も（単体の元素から構成されたもの以外は）すべて化学物質であり、化学物質を使用しない生活など絶対不可能なのだ。

こうした「○○が諸悪の根源である」という考えは、たいていウロコであり、間違っている。世の中の複雑な構造を、そんな短い文章で要約できるわけがない。単純に図式化すれば分かりやすくはなるだろうが、正しくはない。それが正しいように見えるのは、図式に合わない事実をフィルターが切り捨てているからだ。

おそらく「フリーメーソンの陰謀」とか「相対性理論は間違っている」といったトンデモ説も、同じ心理――「世界は単純なものであるはずだ」という誤った信念に根ざしているのだろう。

「世界がこんなに混乱しているのは、どこかにすべてを操る悪玉がいるからだ」とか「相対性理論のような難解なものが宇宙の真理であるはずがない」というわけだ。

いいかげん、こんな幻想は捨てよう。世界は複雑である。ちっぽけな人間の頭ではとうてい把握できないほどにややこしく広大なのである。正解が存在しない問題だってたくさんある。それに単純な正解を出そうとするのは間違った行為なのだ。

「ウロコが落ちた」と思った時が危ないのだ。

# 書くことは恐ろしいこと

と学会『トンデモ本の世界T』あとがき

僕はロリコンである。

石川洋司の写真集『妖精ソフィ』（毎日新聞社・八一年）に直撃をくらって以来、そうした美少女ヌード写真集をずいぶん集めた（現在では「児童ポルノ」と称されているが、実際は単にヌードを写しただけのもので、「ポルノ」とはほど遠い代物である）。結婚を機にかなり処分したものの、何冊かは永久保存している。

ロリコンであることは一四年も前に『時の果てのフェブラリー』（角川スニーカー文庫・九〇年／徳間デュアル文庫より改訂版）のあとがきでカムアウトしており、隠してなどいない。小説でも美少女を主人公にしたものを多く書いている。世の中には、ゲイ、やおい、SM、スカトロなどなど、ありとあらゆる趣味の人がいるのだし、「美少女が好きだ」と公言したって悪いことなどないはずである。

ところが奇妙なことに、最近になって「山本弘はロリコンだった！」「キモい」などとネットで騒ぐ奴が出てきた。どうやらそういう連中の頭の中では「ロリコン＝性犯罪者予備軍」であり、スキャンダラスなことらしい。

つい最近も、群馬県で七歳の女の子がロリコンの男に殺されるという悲惨な事件があった。僕にもちょうど七歳になる娘がいるので、他人事とは思えない。犯人には憤りを覚えるし、殺された女の子や遺族の方々には同情する。

しかし、一部マスコミで「ロリコン殺人犯／ゾッとする異常性愛部屋」などと題して、ロリコンの異常性をことさら強調し、ロリコンであること自体が危険であるかのような報道がされていたのはいただけない。あるテレビ番組では、犯人が部屋に一／六スケールのドール（僕も持っているが）を飾っていたことを、犯罪と結びつけるかのように報道し、ドールのメーカーから抗議を受けたという。

現代の日本には何万人ものロリコンがいる。犯人と同じく、部屋の中に雑誌やフィギュアやビデオをためこんでいる者も多い。僕の知り合いにもコミケでエロ同人誌を買いあさっている奴がよくいるし、と学会にもロリコンは何人もいる（とりわけ志水一夫氏はこの道の大家である）。しかし、みんな法律を守ってまっとうに生きているし、これからもそうするつもりでいる。マンガや小説で妄想をふくらませていても、それを現実と混同しない理性を持ち合わせている。

「でも、中には本当に女の子を誘拐したり殺したりする奴もいるんでしょ？」と言われるかもしれない。その通り。しかし、それはノーマルな男性だって同じこと。成人女性にしか欲情しない男性、成人女性の登場するAVやエロ雑誌が部屋の中に散乱している男性の中にも、欲望の歯止めがきかずにレイプなどの犯罪に走る者が、コンマ何パーセントかの割合で必ず存在する。だからと言って、ノーマルな欲望を持つこと自体が危険だとは、誰も思わないだろう。

似たような例として、ゲーマーに対する偏見もある。バカな若者が軽い気持ちで犯罪をやると、決まって「まるでゲーム感覚」と報道される。たまたまゲーム好きの人間が陰惨な事件を起こすと「ゲームの悪影響」と決めつけられる――大多数のゲーマーはそんなことしないというのに。

こんなたとえはどうだろうか。一人のボクサーが人を殴り殺す事件が起きたとする。するとマスコミや大衆はボクサーすべてを危険視するだろうか？　彼が犯罪に走ったのはボクシングのせいだと思うだろうか？　犯人の部屋にボクシングのビデオや本やポスターがあったことを指して「ゾッとする」と報道するだろうか？

もちろん、するわけがない。それは偏見だからだ。

僕は長いこと、トンデモ本の紹介を行なってきた。トンデモ本の著者の中には、ひどく間違ったことや不快なことを書く者が少なくない。しかし、僕は「彼らを世の中から排除しろ」とか「言論を規制しろ」とは言わない。たとえ自分にとって不快であっても、同じ世界に生きる以上、その存在は許容し合わないといけないと信じるからだ。「理解できない」「不快だ」というだけの理由で他人を排除し合っていたら、世界は滅びてしまう。

例外は、人を殺したり、金を騙し取ったり、危険なデマをまき散らすなど、実際に他人に害を与えた場合である。そうした者が処罰されるのは当然だ。そうでないかぎり、彼らの言論の自由は保証されなければならない。

もちろん、僕らが彼らを批判するのも言論の自由だし、たとえ彼らが僕らのことを不快に思ったとしても、それは許容してもらわねば困るのである。「俺は何を言ってもいいが、お前らが俺を批判するのは許さない」というのは公平ではない。

本を書くという行為を軽く見てはいけない。僕はこうして文章を書きながらも、「間違ったことを書いて笑われるかも」という恐怖と常に背中合わせである（実際、マヌケなミスをやって笑われたことは何度もある）。冒頭の「僕はロリコンである」という文章にしてもそうで、笑われる覚悟をしたうえで、信念を持って書いている。批判されたり笑われたりするリスクを背負う覚悟のない者は、そもそも本を書くべきではない。

ネットの掲示板に書きこむ際にも、同じ覚悟はするべきだと思う。インターネット時代になって、誰でも自分の説を手軽に不特定多数に発信できるようになったはいいが、みんなあまりにも軽い気持ちで書き散らしているように見える。「自分の書いたものを他人に見せるのは恐ろしいことである」という自覚を持つ者が少なすぎる。

僕はロリコンだが、性犯罪は（たとえフィクションの中であっても）決して肯定的に扱わないことを堅い信条にしている。もちろんテロや暴力や差別も決して容認しない。だから、僕の文章が原因で犯罪に走る奴はいないと、誇りを持って断言できる。

文章は書き散らせばいいというものではない。本に限らず、文章を書く者は、その文章が及ぼす影響について責任を持たねばならないのである。

# 第三章　大阪府で三番目ぐらいに幸せな家

妻は一〇歳年下である。結婚して一三年になり、今年小学五年になる娘がいる。大きな波風ひとつなく、子供が生まれてからもイチャイチャベタベタする毎日である。出かける前には必ずキスをする。自分で言うのもなんだが、こんなに円満な家庭はなかなかないだろうと思う。

無論、完璧に理想的で幸福な家庭とは言えない。新婚当初はちょくちょく夫婦げんかもした。阪神淡路大震災も経験した。本が売れなくて経済的に苦しかった時期もある。子供の怪我(けが)やアトピー、妻の脱臼、僕の入院など、トラブルもいろいろあった。だが、そんなことを言ったら、完璧な家庭などないだろう。

日本一幸せな家庭だと言いきる自信はない。大阪府一でもないだろう。しかし、大阪府で三番目ぐらいに幸せなのではないかと思う。なぜそんな幸せになれたのか。それをこれから語りたい。

初めにお断りしておく。我が家の環境は特殊である。我が家の成功例が多くの一般家庭に適用できるとは、とても思えない。だからくれぐれも我が家の例を安易に模倣しないでいただきたい。

ただ、日本にはこんな家庭もあるのだということを知っておいていただきたいのだ。

## 父のようになりたくなかった

まず父の話からしよう。

僕は父を嫌ったことはない。欠点はあったが、優しい父だった。ある時、いっしょに風呂に入りながら、風呂の壁を指してこんな話をしてくれた。

「この壁は止まってるように見えるやろ。でも、何十年もしたら汚れて真っ黒になって、ぼろぼろになる。何百年もほうっておいたら、影も形もなくなってしまうやろ。つまりこの壁は変化してないように見えるけど、目に見えんほどゆっくり変化してるんや。この世のものはみんなそうや。止まってるものなんかあらへん。どんなものもみんな絶えず動いてるんや」

後から思えばエントロピーの法則のようなことを言っていた。

あるいはこんなことも言った。

「わしとお母ちゃんが知り合って結婚したのは、何万分の一というすごい偶然や。結婚してお前が生まれたのも、すごい偶然や。それに、わしのお父ちゃんとお母ちゃん、お前のおじいちゃんとおばあちゃんが結婚してわしが生まれたのも、すごい偶然や。もちろん、お母ちゃんの両親が結婚してお母ちゃんが生まれたのも偶然や。さらにおじいちゃんやおばあちゃんの、そのまたおじいちゃんとおばあちゃん、そのまたおじいちゃんとおばあちゃん……さかのぼっていったら、ものすごい数の偶然の出会いが重なってるんや。その偶然がひとつでも起こらんかったら、お前はこの世に生まれてこんかったんや。つまり、お前がここにいるということは、何兆分の一のそのまた何兆分の一という、ものすごく幸運なことなんやぞ」

これも後から考えれば、パラレルワールドみたいな発想だった。SFのことは何も知らなかったが、SF的な考え方をする父だった。

だが、理想的な父ではなかった。多くの欠点があった。

ある晩、両親の言い争う声に目を覚ましたら、まぎれもない平手打ちの音がして、母が泣きながら布団にもぐりこんできたことがあった。小学生だった僕は懸命に寝たふりをしていた。両親の隠れた素顔を垣間見てしまったことを、両親に悟られるのが恐ろしくて。

父は建築設計士をやっていた。設計の才能はともかく、経営の才能はなかった。小さな建築設計事務所を作ったはいいが、ほんの数年で借金まみれになって潰れてしまった。

父は家族を捨てて行方をくらました。我が家の家財道具にはすべて差し押さえの赤い紙が貼られた。

僕が現実逃避の夢想にふけるようになったのも、当然と言えば当然だろう。僕は体力がまるでないため、いつも学校でいじめられていた。家に帰ってもつらい現実があるばかり。宇宙や未来や怪獣の世界に逃避したり、いつか立派な人間になってみんなを見返してやるという幼稚な妄想をふくらませて、現実を見て見ぬふりするしかなかった。

やがて父は帰ってきたが、家は長いこと経済的に困窮した。父の死後も、兄とともに残った借金を返済するのに何年もかかった。

父の死因は肺ガンである。一日に二箱も吸うようなヘビースモーカーだったので、これもまた当然の結末だった。長いこと家で寝たきりの生活を送った。やがて病状が悪化して入院したのだが、すでに脳にまで転移していて、助からないことは明白だった。

ある日、病院に見舞いに行くと、父はもう周囲のことが分からなくなっていて、意味不明のことをつぶやくばかりだった。その帰り、夜道を歩きながら、僕は思った。

父はもう死んだのだ。心臓は動いているが、父の精神活動、魂とも呼べるものは、もう失われてしまったのだ。僕に風呂で話をしてくれた父は、もうこの世にいない。

それから何週間かして、ついに父の心臓が止まった。遺体が家に帰され、布団に横たえられた。兄が僕を父の枕元に座らせ、「別れの言葉をかけてあげろ」と言った。僕は何も言えず、涙も流さず、ただ座っていることしかできなかった。兄は怒った。

「実の親が死んだのに、お前は別れの言葉ひとつ言えんのか⁉　何ちゅう薄情な奴や！」

僕は何も言い返さなかった。言ってもしかたのないことだったから。

父は今日、死んだのではない。今日、心臓が止まったというだけだ。ここにあるのはただのぬけがらだ。だからかけるべき言葉なんかない。僕の知っている父は何週間も前にこの世を去っていた。僕はあの夜、心の中で別れを済ませていたのだ。

あの日、芽生えた死生観は、僕の心にずっとしみついている。人の本質は肉体ではなく心だ。

「死」とは心臓が止まることではなく、心が壊れることなのだ。

繰り返すが、僕は父を嫌ったことはない。だが、思い返してみると、ずっと「父のようになりたくない」と思って生きてきた気がする。

僕がタバコを吸わないのは、父が肺ガンで悲惨な死に方をしたのを見ているからだ。金儲けや会社での出世に興味を示さないのは、父が会社を作って大失敗したのを見ているからだ。

そしてまた、僕はこうも誓った。もしも結婚するのなら、絶対に妻を殴る夫や、子供を苦しめる父親にはなるまいと。

## ゲームは楽しいお仕事

一九八〇年代前半、僕は京都にある〈星群〉というSFサークルに入っていた。その中でも、僕も含めた二〇代の若手メンバー数人は、当時『SFマガジン』誌上で翻訳家の安田均氏が紹介していたRPG（ロールプレイング・ゲーム）というものに興味を惹かれていた。アメリカでは『ダンジョンズ&ドラゴンズ』というゲームが大流行しているという。プレイヤーがファンタジー世界のキャラクターを演じて遊ぶというものらしい。よく分からないけど、紹介を読むかぎりでは、ものすごく面白そうではないか。

やがて、まだ大学生だったEという男（のちの水野良）が、「僕らでゲームサークルを作って、安田さんにブレーンになってもらおう」と言い出した。僕らは大乗り気だったし、安田氏も快諾してくれた。『SFマガジン』の読者欄に告知を出し、会員を募集した。こうしてゲームサークル〈シンタックス・エラー〉が立ち上がった。

ここで少し、RPGというものについて解説。日本では普通、RPGというとコンピュータ・ゲームを指す。だが、本来のRPGはコンピュータを使わない。GM（ゲームマスター）と呼ばれる審判役の人間がおり、テーブルを囲んだ数人のプレイヤーにシナリオを説明し、アドリブによる会話とサイコロによる判定でストーリーを進めてゆく（のちに安田氏は、コンピュータRPGとの混同を避けるため、「テーブルトークRPG」という日本独自の用語を提唱する）。

僕らはこれに夢中になった。『ダンジョンズ&ドラゴンズ』『トラベラー』『ルーンクエスト』『ゴーストバスターズ』『パラノイア』……かたっぱしから遊びまくったものである。

そして一九八五年、社会思想社が出したゲームブック『火吹山の魔法使い』が大ヒット。ゲームブック・ブームが訪れる。それに連動する形で、RPGのファンも飛躍的に増えていった。

安田氏はゲーム雑誌にゲーム関係の記事を書くようになり、僕らにもその下請け仕事が回ってきた。最初の大仕事は一九八六年の『モンスター・コレクション』(富士見書房)。ファンタジーRPGに登場する様々なモンスターについて解説した本だ。僕も含め、〈シンタックス・エラー〉のメンバーの中の四人が分担して執筆した。今から見ると稚拙な内容だが、それでも初めての商業出版物を出せたことが感無量だった。僕がイラストの参考用に描いた下手なラフスケッチを、イラストレーターがそのまんまトレスして使ったのには参ったけど(笑)。

その際、執筆陣のグループ名が必要ということになり、〈シンタックス・エラー〉を省略して〈グループSNE〉という名称が初めて使われた。翌年には安田氏が会社を立ち上げ、〈株式会社グループSNE〉が誕生する。僕はそれまで大学の生協でバイトをしていたのだが、この機会に辞めてSNEの社員になった。

仲間と共著で、あるいは単独で、原稿を書きまくった。SNEのオリジナルRPG第一弾『ソード・ワールドRPG』（富士見書房）の制作にも関わった。何冊も本を出した。RPGの解説書、シナリオ集、ゲームブック、リプレイ（RPGのプレイの模様をテープ起こしした読み物）……コンピュータ・ゲームのノヴェライズ『ラプラスの魔』（角川スニーカー文庫）で、小説家としても本格的にデビューした。

僕は小説家志望だったが、こうした仕事を金のためとも、小説家になるためのステップとも思っていなかった。ゲームを小説より下だと思ったこともない。だってゲームも大好きだったからだ。ゲームブックやRPGのシナリオを書くのだって、小説を書くのと同じぐらい頭を使い、創造性にあふれ、楽しい仕事だった。

後になって、SF界で安田氏に対する陰口が流れているのを知った。「安田均はゲームに魂を売った」「SF界の裏切り者だ」というのである。冗談じゃない！　僕は安田氏がゲームを心底から好きだし、同時にSFやファンタジー小説も愛していることを知っている。好きな分野を仕事に選んで何が悪い？　それはゲームに対する偏見ではないのか？

ちょうど「日本SF冬の時代」と呼ばれ、SF界の景気が悪かった頃だった。ゲームで大当たりした安田氏が妬まれたのだろう。僕はSFファンだが、同じSFファンの中にそんなひねくれた根性の持ち主がいることに、心底から腹が立ったものである。

## それは勘違いからはじまった

ゲームの仕事は儲かった。本が出るたびに（一〜二割はSNEに引かれるものの）印税が入ってきた。特に売れたのは『ソード・ワールドRPG』のノヴェライズである『サーラの冒険』シリーズ（富士見ファンタジア文庫）だった。第一作『ヒーローになりたい！』は一一万部売れた。いまだに僕の本で、この記録を塗り替えるものはない。

預金通帳の残高はどんどん増えていった。僕は念願のLDプレイヤーと大型テレビを買った。

そこで、はたと困惑した。

もう買うものが残っていない。

僕は車に乗らない。酒を飲まないし、女遊びもギャンブルもしない。バイクとかオーディオとか鉄道模型とかの金のかかる趣味もない。本やプラモデルは買うが、そんなのは安いものだ。服はみんな特売品である。2DKの安マンションに一人暮らしだったが、大きな家に引っ越す気もなかった。広い家なんて掃除が大変なだけだ。海外旅行？　そんなの一人で行って何が楽しい？

着々と増えてゆく残高を見ながら、僕は空しさに襲われた。

「金で幸せは買えない」とよく言う。これは「金がなくても幸せになれる」という意味ではない。幸せになるのに、やはり最低限の金は必要だろう。つまり「金があること」

は「幸せ」の必要条件だ。だが十分条件ではない。必要以上の金があっても、それに比例して幸せになれるわけではない。

結婚したい——そう思った。

その頃まで、僕は一生独身でもいいかと思っていた。好きな小説やゲームの仕事ができて、金が入ってくればそれでいいと。だが、それだけでは幸せになれない。人生を分かち合ってくれる人が欲しい。この金を死蔵するのではなく、幸せを手に入れるために使いたい。

だが、結婚相手は誰でもいいわけではない。「幸せになること」が目的だ。不幸になるような結婚なんてしたくない。

勧められて一度だけ見合いをしたことがある。良家のお嬢さんで上品そうな美人だったが、共通の話題が何もないのには困った。マンガやアニメやゲームの話がまるで通じない！　こんな女性と結婚したって息が詰まるだけだと、お断りさせていただいた。

僕を理解してくれる女性であること。それが結婚相手の第一条件だった。

ゲームサークル〈シンタックス・エラー〉はSNEとの混同を避けるため、〈あすたりすく〉と名を変えた。現在では会員数は減ったものの、九〇年代前半までは大変にエネルギッシュに活動していた。毎月、京都で合宿を開いた。施設を借り、一泊二日でRPGにふけるのである。

〈あすたりすく〉の特徴は女性会員が多いことだった。毎月、岡山や名古屋から来る熱心な人もいて、最盛期には一〇人を超えていたと思う。もちろん彼女たちも合宿に参加し、男性に混じって夜通しRPGやボードゲームをやった。

これは他のゲームサークルにはない特徴だったが、僕らはそれが普通だと思っていた。関東の方のサークルでは、希少な女性会員をめぐって修羅場が展開したり、サークル間での会員の引き抜き合戦などもあると耳にし、「そんなこともあるんだ⁉」と、逆に驚いたぐらいである。僕も含めて、〈あすたりすく〉の男性陣はそういう方面に奥手というか淡白だった。最終的にカップルがいくつか誕生したものの、男女関係をめぐるトラブルはほとんどなかった。

そうした女性会員の一人に、のちに妻となる真奈美がいた。いつ出会ったのか覚えていない。友人に誘われて参加したとかで、いつの間にかサークルの中にいたのだ。いっしょにゲームをしたことも数度しかなく、あまり意識はしていなかった。

ある合宿の夜のこと。午前三時頃までRPGのゲームマスターをやっていた僕は、終了後、とても眠くなって、つい、ごろんと畳の上に横になった。そのすぐ近くに、たまたま真奈美が正座していた。

よほど頭がぼうっとしていたのだろう。僕は深く考えず、彼女の膝に頭を載せてしまった。

いきなり男が膝に頭を載せてきたのだ。どう見たってセクハラである。ぶっ飛ばされても文句は言えない。彼女のけっこうきつい性格を知るようになった今となっては、よくあの時、ぶっ飛ばされなかったものだと不思議に思う（笑）。彼女は黙って僕に膝枕を許したのである。

（あれ？　こいつ、もしかして僕に気があるんじゃ……？）

眠い頭で、僕はそう思った。

数日後、デートに誘うと、あっさりOKされた。僕は確信した。彼女は僕に好意を持っている！

結婚してから妻に訊ねてみると、それはまったくの勘違い。急に僕が頭を載せてきたもので、「どうしていいのか分からなかった」というのである。

というわけで、これをお読みの男性諸氏、くれぐれも僕のまねをしないように！　僕はたまたま運が良かったのである。普通、こんなことをやったら怒られる！

何にせよ、僕は急速に彼女に惹かれていった。彼女の仕事は看護師、今は老健（介護老人保健施設）で働いているという。仕事に深いやりがいを覚えているらしく、お年寄りとの交流をとても楽しそうに語る。寝たきりの父を見放した恥ずべき過去を持つ僕には、自分から老人介護の現場に飛びこんで働く彼女が、とてもまぶしく見えた。

優しい性格のうえ、マンガもアニメもゲームも好きな女の子。彼女なら僕を理解してくれる。彼女となら幸せになれる。こんな好条件を逃がしたら、もうチャンスはない。そう確信し、何回目かのデートの後、僕は言った。「結婚を前提につき合って」と。

彼女は承諾した。

つき合いだしてから結婚までは一年もなかった。だから交際期間中のエピソードは少ない。

だが、ある晩の出来事だけは強烈に記憶に残っている。

## 深夜の電話――『君を守りたい』

一九九三年の春だった。その夜、自宅で深夜まで原稿を書いていると、真奈美から電話がかかってきた。「用件は何?」と訊ねても、たいした用事じゃないと言う。

「山本さんの声が聴きたかっただけやねん」

男としては嬉しい台詞である。僕は彼女の他愛ない世間話につき合うことにした。

しばらくだらだらと話をしているうち、「何か変だ」と感じた。僕は人の心理を読むのが苦手だが、それでもこの時ばかりは気がついた。電話越しの彼女の声が、沈んでいるにもかかわらず、わざとらしく明るく振る舞い、本当に話したい何かを隠していることに。

「どうしたの?　何かあったの?」

問い詰めると、真奈美は電話の向こうで、わっと泣きだした。

「仲良くしてたお年寄りが……亡くならはった……！」

僕は頭がしびれるのを覚えた。

それまで僕は、自分が幸せになることしか考えていなかった。彼女の幸せを考えていなかった。

いつも明るさを振りまき、楽しげに老人介護の仕事に勤しむ真奈美――だが、その日常がどれほど重いものか、想像したことがなかった。人の死と常に直面する職業が、どれほど心に大きな負担を強いるか、思い至らなかった。

僕は彼女のことを何も分かっていなかった。

「そのお年寄りだって、きっと君に介護されたことを喜んでるよ。幸せにあの世に行ったと思うよ」

そう言って慰めながらも、心は空しさに襲われていた。文章を生業にしながら、これほど言葉というものの無力を思い知ったことはなかった。一〇〇万の言葉を並べたところで何になる⁉　今、彼女に必要なのは抱き締めてあげることだ。この胸で彼女の涙を受け止めてあげることだ。電話越しでなかったらそうしていただろう。だが、今の僕にはそれができない。

電話越しじゃだめなんだ！　彼女のそばにいたい！　抱き締めてあげたい！

「早く結婚しよう」と僕は言った。いつも君のそばにいたいからと。彼女は、結婚しても仕事は続けたいと言った。この仕事が大好きだから、つらくてもやめたくないと。

「仕事がハードだった日なんか、疲れて帰ってきたとたん、ぐた〜っと床に倒れちゃうことがあるの。そんな姿見たら、山本さん、あたしのこと嫌いになると思うな。そんな仕事やめろって言うかもしれへん」

僕は答えた。

「嫌いになんかならへんよ。疲れて帰ってきた君をかばってあげたい。仕事をやめろとも言わへん。君ができるだけ長く働けるよう、支えてあげたい」

それは本心からの言葉だった。大勢のお年寄りを支えるのが彼女の仕事なら、その彼女を精神的に支えるのが僕の仕事だ。僕には老人介護の仕事なんてとてもできないけれど、働く彼女を守ることならできる——そう感じたのだ。

ちょうどその時、僕は『サーラの冒険』シリーズの第三作の構想を練っていた。その瞬間、タイトルが決まった。

『君を守りたい！』

それは僕の切実な想いのこもったタイトルだった。

彼女が今の職場を移りたくないというので、僕の方が京都から大阪に引っ越すことにした。新居は老健まで自転車で一〇分ほどの距離。しゃれた外観だが、けっこう高い家で、買うために貯金をごっそりはたいたが、後悔はしていない。

金は幸せになるために使うものだから。

# 結婚式でガッチャマン

　僕の友人には、琵琶湖の遊覧船を借りきって、船の上で披露宴をやった奴がいる。別の知り合いの披露宴では、花嫁が『スタートレック』のファンなもので、ウェディングケーキの上にエンタープライズ号の模型が載っていた。入場時に『スター・ウォーズ』のテーマを流したカップルもいるという。

　僕もそんな、一風変わった結婚式にあこがれてきた。自分が結婚する時には、絶対に何か変わった趣向をやってやろうと思っていた。とにかく典型的な結婚式というやつが嫌だった。特に新郎新婦入場の際のスモークというやつは、ありきたりすぎて恥ずかしく、絶対にやりたくなかった。

　だから式場で披露宴の打ち合わせをしていて、式場の人が「スモークはどうなさいます？」と訊ねた時、断ろうと思った。だが、一瞬早く真奈美が身を乗り出して答えていた。

「やりますやります！」

　目が輝いている。

　ええええ⁉　やるのスモーク？　恥ずかしいよ？

　だが、真奈美は大乗り気。彼女は僕とは正反対で、典型的な結婚式にあこがれていたのだ。この式場にはゴンドラはなかったが、あったらきっと「やりますやります！」と言っていたに違いない。

ユニークな結婚式をやりたいという僕の希望は、あっさり却下された。彼女は頑固に「普通の結婚式」にこだわり、少しでも何か変わったことを……と願う僕の提案をことごとく拒否した。

特にもめたのは、披露宴で流すBGMだった。僕は最後の抵抗として、一曲でもいいからアニメソングを流したかった。もちろん彼女の心情を配慮して、普通の人が聴いてもアニソンとは絶対に気づかないような歌をセレクトした。『アイドル天使ようこそようこ』の挿入歌、小坂水澄の「SINGING QUEEN」である。

これは僕の最も好きなアニソンである。歌詞をそのまま引用するとJASRACにお金を払わなきゃいけないので避けるが、私にできることは人々を勇気づけるために歌うことだけ、生きていることや愛することの素晴らしさを伝えるため、歌の力を信じて歌い続ける……という、まことに感動的な歌で、歌唱力も素晴らしい。『サーラの冒険』の外伝「時の果てまでこの歌を」は、この歌をイメージして書いた。

しかし、やはり真奈美は猛反対。

「披露宴でアニソン流すなんて非常識やで！」

「いや、言われへんかったら、みんなアニソンやなんて気がつかへんから……」

「誰も気がつかへんのやったら、あんたの自己満足やんか！」

だったら、スモーク焚いたり、レンタル料が目の飛び出るほど高いウェディングドレスを着るのも君の自己満足やろ——とは言わなかった。結婚前にけんかしてもしかたがない。

「だいたい、披露宴に流すBGMは歌詞のない曲に決まってるねんで！　歌詞のついた歌なんて流す式場あらへんで！」

そう言われ、やむなく断念した。

何だかんだあって、結婚式の当日。

いよいよ新郎新婦入場である。妻と並んで舞台裏で待機しながら、僕は係の人の仕事風景が気になって、ちらちらと横を見ていた。特撮ファンとしては、スモークを発生させる機械がどんな構造なのか興味があったのである。四塩化炭素か何か使ってるのか？いや違う、ドライアイスを割って機械に入れている。たぶんお湯か何かをかけて、勢いよくスモークを発生させるのだろう。

曲が鳴りだし、幕が開いて、僕たちは拍手に迎えられて入場した。曲は式場の人が選んだものだった。妻と腕を組んでしずしずと進みながら、僕はその歌が何か気がついて、愕然となった。

これは『アラジン』のテーマ！

（アニソンやー！『アラジン』は立派なアニメ映画やー！　だいたい歌詞入ってるやん！　英語やったらOKなんか⁉）

と、新婦と腕を組んで顔はニコニコしながらも、心の中ではひきつっていた（笑）。

さらに腹の立つことが続く。妻がチャゲ&飛鳥のファンだと聞いた式場の人が、気を利かせてチャゲアスの歌を何曲もかけたのである。妻はにこにこしているが、僕は憮然となっていた。

「披露宴に流すBGMは歌詞のない曲に決まってる」って言ってたのはどこの誰? っーか、君は自分の好きな歌をかけてもらって、僕の希望は無視?

よほど僕がつまらなそうにしているのを見抜いたのだろう、旧友が新郎席に近づいてきて、悪魔の誘惑をささやいた。

「今調べたらな、この披露宴会場のカラオケ、『ガッチャマン』入ってるで」

それだーっ!

ええ、すぐに席から飛び出していって、友人とともにカラオケで『科学忍者隊ガッチャマン』を熱唱しましたとも。それも三番まで! (笑) おかげでストレスはすっかり解消された。

もちろん、新郎側の親戚や新婦側の親戚は唖然となっていた。披露宴で『ガッチャマン』を歌う新郎 (三七歳) って何?

妻は怒っていたが、元はと言えば君のせいだよ。素直に「SINGING QUEEN」をかけさせてくれてたら、こんな大人気(おとなげ)ないまねはしなかったんだから。

ちなみに、出席していた同僚の友野詳に後で聞いたら、

「『山本さん、よっぽど何かたまってたんやろなあ』と、みんなで話してましたよ」

そうだよ、たまってたんだよ！

## 二人の趣味は違いすぎ

先述のように、僕は自分の趣味を妻が理解してくれると期待していた。当然、妻の趣味も理解できると思っていた。毎日、同じテレビ番組を見たり、時にはいっしょに映画館に行って、同じ作品で泣いたり笑ったりするのだと、勝手に思い描いていた。

だが、その幻想は結婚式の翌日に破られた。

結婚式は日曜日。一日ゆっくり休養して、火曜日から新婚旅行に出かけることになっていた。その月曜日の晩、午後八時が近づくと、急に妻がそわそわしだした。

「大変大変！　黄門様見なあかん！」

こ、黄門様？

八時になると、何と妻は『水戸黄門』を食い入るように見はじめたではないか。柘植（つげ）の飛猿（とびざる）（野村将希）が登場すると、「きゃーっ、トビーっ！」と、ブラウン管に向かって黄色い声援を送る。その横顔を見て、僕は呆然となっていた。

何者だ、こいつ？

まさか二〇代の若い娘が『水戸黄門』の熱狂的ファンだなんて想像もしていなかった。

ようやく本編が終わり、やれやれと思っていたら、予告編を見て妻がまた騒ぎだした。

「大変や！　来週は弥七さんのそっくりさんが出るんや！　ああ、でも来週の月曜ってまだ新婚旅行から帰ってへん！　見られへんやん！　どないしよう⁉」

「……留守録、録っといたげるから」

反対に妻は、僕の好きな作品が理解できなかった。ある時、『エド・ウッド』のビデオを借りてきていっしょに見ようと誘ったが、「史上最低のダメな映画監督の話なんや」と説明すると、「そんなんどこが面白いの？」と一蹴された。

妻はマンガも好きだ。嫁入り道具の中には数百冊のマンガがあって、圧倒された。少女マンガも多かったが、少年マンガや青年マンガもかなりあった。『妖精国の騎士』全巻、『エロイカより愛をこめて』全巻、『ガラスの仮面』全巻、『ドラゴンボール』全巻、『コータローまかりとおる！』全巻、『ファントム無頼』全巻、『銀牙─流れ星銀─』全巻、『クッキングパパ』全巻……。

妻はなかなか終わらないシリーズが好きだったが、僕はあまり長く続くシリーズは嫌いだった。だもんで、僕が新居に持ちこんだマンガの量は、妻の四分の一ぐらいだった。『県立地球防衛軍』、『GS美神 極楽大作戦!!』、『ダークグリーン』、『ぎゅわんぶらあ自己中心派』、『サブマリン707』、『アップルシード』、『ダークウィスパー』、『混淆世界ボルドー』、『宇宙英雄物語』、『危険がウォーキング』、それに吾妻ひでおと唐沢なをきの作品ほぼ全部……妻の読書傾向とは見事にすれ違っている。ダブっていたのは『うしおととら』ぐらいだった。

アニメや特撮もののキャラクターの好みも違う。僕が好きなのはもちろん美少女系。『明日のナージャ』のローズマリー、『カレイドスター』のロゼッタ、最近では『ブラックラグーン』のグレーテルや『まなびストレート!』の芽生など。妻はおっさん系や、不良っぽい雰囲気のキャラがいいらしい。『ドラゴンボール』のピッコロ、『ガンダムW』のヒイロ、『ワンピース』のサンジ、『名探偵コナン』の平次など。娘といっしょに本屋に入って、娘が『コナン』の表紙を指差し、大声で「ママの好きな平次がいるよ!」と言ったもんで恥ずかしい思いをしたという。『仮面ライダー龍騎』では浅倉(萩野崇)のファンだった。気がつくと『超光戦士シャンゼリオン』の写真集まで買ってやがった(笑)。僕はどこがいいのかさっぱり分からないのだが。

二人ともアニメファンだが、アニメの見方も根本的に違う。

結婚して二年目のこと。たまたま夕方、『獣戦士ガルキーバ』というアニメを見ていて、主人公が敵の巨大怪獣に突進してまっぷたつにするカットで、「うおおーっ!」と感嘆の声をあげたら、妻にしらけた口調で叱られた。「いい歳してアニメ見て声あげんとき、みっともない」と。

いや、違うんだよ。今のは単にかっこよかったから声が出たんじゃないんだ。今のカットは、『宇宙の騎士テッカマン』一一話「失われた宇宙船」というエピソードの冒頭で、テッカマンが宇宙船をまっぷたつにするカットのコピーだったんだよ。往年の鳥海永行演出に対する、演出家のオマージュだったんだよ。それが分かったから感動したんだよ……と、マニアックに解説を試みるものの、妻は理解してくれない。何しろ妻は脚本家や演出家の名前にはまるで興味がない人間なのだ。

その二年後、やはり妻といっしょに『勇者王ガオガイガー』三八話「暗黒の大決戦」を見ていたら、勇者ロボ・超竜神が地球を守る犠牲となって小惑星とともに時空の彼方に消えるシーンで、いきなり妻が「超竜神～っ！」と泣き出したのにはびっくりした。

「超竜神、戻ってくるよね？　ね？」

涙目で僕に詰め寄る妻。いや、あれは新キャラの撃龍神の出番を増やすために一時的に退場するだけで……と、僕ならストーリーの裏読みをしてしまうのだが、妻は感動的なシーンでは素直に感動するたちなのだ。

しかし、「いい歳してアニメ見て声あげんとき」と言ってたのはどこの誰……？

妻はよく泣く。ある日、帰ってきたら、目を真っ赤にしていたのに驚いた。

「今日は二回も泣いてしもた」

聞くと、夕方の『遠山の金さん』と『大岡越前』の再放送が、どっちも泣ける人情話だったもので、二時間続けて泣いてしまったのだという。何でテレビ時代劇でそんなに泣けるのかと、すっかりあきれてしまったものだ。

もっとも僕も、最近は歳のせいで涙腺がゆるくなったのか、『カレイドスター』の最終回でぼろぼろ泣いたし、『おねがいマイメロディ』の「お母さんに会えたらイイナ！」や『ウルトラマンメビウス』の「思い出の先生」のような、ベタベタの人情話で泣いてしまったりしたんだが……。

## お茶漬けで離婚寸前

新婚当初はちょくちょくけんかをした。理由を分析してみると、お互いに相手が「自分と違う人間」であることに慣れていなかったからだと思う。相手の考えがあまりにも異質すぎて、「何でそんなふうに考えるの⁉」「何でそんなこと気にするの⁉」と、不満ばかり感じていた。

ある時、ポテトチップスの袋を縦に裂いたら、妻が「きゃーっ！」とものすごい悲鳴をあげた。

「何で縦に開けるの⁉」

いや、だってポテトチップスの袋って縦に開けるものでしょ？　そのために上が切れやすくなってるんだから。

妻は「違う！」と言い張る。ポテトチップスの袋はハサミで横に切って開けるものだという。実家ではずっとそうやって開けていた。縦に開けるなんて下品で邪道だ……というのだ。

僕にしてみれば、ハサミを使わずに開けられるようになっている袋を、どうしてハサミで開けなきゃならないのか納得できないのだが。

一度、離婚の危機があった。

新婚当初、妻はまだ老健に働きに出ていた。昼間の勤務の日は、僕の昼食を用意してから仕事に行った。家で原稿を書いている僕は、昼になるとそれを温めて食べるのである。

ある日、ふと気まぐれで、ごはんをお茶漬けにして食べた。帰ってきた妻が、捨てられたお茶漬けの空き袋を見つけ、僕を問い詰めた。お茶漬けを食べたと僕が認めると、烈火のごとく怒りだした。

「何でお茶漬けなんか食べるの⁉」

何でも何も、お茶漬けを食べて何が悪いのか。妻がなぜ怒るのか、僕にはさっぱり分からない。笑って相手にしなかった。すると妻はますます怒った。

「謝れ！　今すぐ謝れ！」

悪いことをしていないのに謝る筋合いなんかない、と僕が突っぱねると、彼女は寝室に駆けこんでベッドに突っ伏し、泣きじゃくりはじめた。

「離婚する！　もう離婚してやる！」

僕はようやく事態の重大さに気がついた。「お茶漬け」というものに対する二人の固定観念がまるで違っていたのだ。

僕にとって、お茶漬けは「気が向いた時にいつでも食べていいもの」だった。妻にとっては違った。お茶漬けは「おかずが足りない時にしか食べてはいけないもの」だったのだ。

彼女は僕のために愛情こめて昼食を用意してくれていた。充分な量のおかずがあった。だが、僕がお茶漬けを食べたことで、妻は自分の愛情を踏みにじられたように感じたのだ。

理解できなかった——何でそんなふうに考えてしまうのか、僕にはさっぱり分からなかった。それでも僕は謝った。彼女の心を傷つけてしまったことを。そして、許可がないかぎり二度とお茶漬けは食べないと誓った。

妻の考え方や行動にはよく面食らう。彼女は若いのにやけに古風なのだ。正月に初詣に行くのは当然としても、一月七日には七草がゆを食べ、節分の日には太巻きにかぶりつき、土用の丑（うし）の日にはウナギを食べ、冬至にはゆず風呂に入り……と、年中行事はすべてこなしたがる。

節分の日に太巻きを食べる風習なんて、僕は新井理恵の『×―ペケ―』を読むまで知らなかったんだがな。

「何でその歳でそんな古いこと知ってるの？」と不思議に思うほど。仕事柄、お年寄りと話すことが多かったせいかもしれないが。

ある晩、何気なく口笛を吹いていたら、「夜中に口笛吹かんといて！」と怒られた。

ふと気がついて、「ひょっとして、泥棒が来るから？」と訊いたら、

「当たり前やん！」

そうでしたか、当たり前でしたか。すいません。

このように、いっしょに暮らしていれば理解し合えるなんてのは幻想だ。僕は妻という人間を知れば知るほど理解できなくなる。妻も僕が理解できないに違いない。

だが、「理解し合えない」ということが理解できるにつれ、けんかの回数は着実に減っていった。「理解」できなくても「許容」すればいいと気がついたのだ。考え方がまったく違っていてもかまわない。つまらないことで意地を張らず、妥協すればいいんだと。

まあ、妻は妥協が嫌いな性格なので、たいてい妥協するのは僕の方なのだが。

テレビの見方にしてもそうである。僕らは今や、いっしょにテレビを見ない。いっしょに見てもどちらかが退屈な思いをすることが多いからだ。夕食が終わると、妻は別室に行って、時代劇や刑事ドラマ、あるいはＳＭＡＰや細木数子の番組を見る（僕は細木数子の番組は死んでも見たくない）。僕と小学四年の娘は居間に残り、『世界まる見え！テレビ特捜部』や、ビデオに録っておいた『らき☆すた』『獣拳戦隊ゲキレンジャー』あ

るいは『エンタの神様』を見る。

## 我が家のトイレにドイツの幽霊

僕は幽霊を信じない。それに対し、妻は幽霊を信じている。それどころか霊感体質である。霊の存在は見えないが、感じられるんだそうだ。

結婚した翌年、妻は友人たちとドイツに観光旅行に行き、古城を改装したホテルに泊まった。帰国してから七か月ほどした九五年五月のこと、妻はホテルの部屋で幽霊に悩まされたという話をした。

「それがさあ、一体というのか一匹というのかよく分からんのやけど、日本までついてきてしもてん」

「日本までって……幽霊が飛行機に乗って?」

「どうやってついてきたのか分からんのやけど、うちの家までついてきて、トイレに棲みついてしもたんよ。あの時は知り合いに頼んでお祓いしてもらおうかと真剣に考えたわ。幸い、悪い子にならなんかったから、そのままにしてあるんやけど」

気がつかなかった……何と我が家のトイレには、ドイツの幽霊が七か月も棲みついていたというのだ。しかも古城の寝室に棲んでた霊ってことは、由緒正しいやつに違いない。

当然、妻は僕が幽霊を信じていないことを知っている。七か月も僕に話さなかったのも、信じてもらえないと思ったからだ。

僕はその話を聞いて困惑したものの、否定もしなかった。考えてみりゃ、我が家のトイレにドイツの幽霊がいたって、何ひとつ不都合なことはない（笑）。妻の話では悪い霊ではないらしいし。「幽霊なんているわけがないだろう」と僕が頑固に主張したって、けんかになるだけで、いいことなんかないではないか。だから、「なるほど、我が家のトイレにはドイツの幽霊がいるんだな」ということにしたのである。

何年か経って、「そう言えば、ドイツの幽霊はまだいるの？」と訊ねると、いつのまにかどこかにいなくなっていたとのこと。大阪府下をさまよっているのかもしれない。それらしい霊を見かけたら声をかけてやっていただきたい（ドイツ語で）。

この体質は娘にも遺伝しているらしい。赤ん坊の頃からそうだった。ちょくちょく、部屋の中で何もない空中に視線をさまよわせるのだ。まるで移動している何かを目で追っているようで、「見えない妖精さんを追いかけてるんとちゃうか」と、よく妻と話し合ったもんである。ヘンリー・カットナーの短編「今見ちゃいけない」の中に、猫には人間の目には見えない火星人が見えているのだという話が出てくるが、それを連想した。

大きくなったら見えなくなるかというとそんなことはなく、

「この前も部屋で遊んでたら、死んだおじいちゃんが入ってきたよ。『美月ちゃん、元気か』って」

などと平然と語る。霊の存在は娘にとってごく日常的なことであるらしい。

不思議なことに、娘はこわがりで、ドラマを見ていてもこわいシーンがあるとすぐに泣きそうになるし、ましてホラー映画なんか絶対に見ないのに、なぜか本物の幽霊はまったく平気なのである。まあ、単に「見える」というだけで、日常生活に何の支障もないようなので、僕は温かく見守ることにしている。

他にも娘の能力については「ドイツの幽霊」以上に楽しいエピソードがいろいろあるのだが、学校でいじめのネタにされると困るので書かないでおく。本人は「パパみたいに小説家になりたい」と言っているので、いずれ自分で書いて発表するかもしれない。

僕は「見えないものが見える人」がいることを否定しない。げんに妻と娘という実例がすぐそばにいるからだ。その現象をオカルト的に解釈するか、大脳生理学や認知心理学で解釈するかの違いである。おそらく全人口の何パーセントかは「見える人」だろう。彼らの大半が普通の日常を営んでいる以上、それは病気や欠陥なんかではない。耳が動かせる人や、絶対音感がある人と同じく、単なる「特徴」や「能力」と認識すべきだろう。

もちろん、霊にのめりこむあまり、危険なカルトに入信したり、インチキ霊能者に大金を注ぎこんだりしたら問題だが、その危険性は「見えない人」だって同じことである。

絶対にやってはいけないのは、「見える人」を異常者であるかのように蔑視したり、「そんなことあるわけないだろう。現実を認めろ」と面と向かって否定することだ。彼らは嘘をついているのではない。実際に見えているから「見える」と言っているだけなのだ。それを悪いことであるかのように言うのは間違っている。

無論、良いことだと考えるのも間違っている。特に「見える」というだけで自分が人より優れた人間だとか、神に選ばれた特別な人間だと思いこむのは、鼻持ちならない誇大妄想である。それは何パーセントかの人間が必ず持っている、ごく普通の特徴にすぎないのだから。

『トンデモ本』シリーズを書く際にも、僕はそのスタンスを貫いている。ただ「霊が見える」というだけの人を笑ったりはしない。取り上げるのは、「煮豆が『水が欲しい、水が欲しい』と話しかけてくる」とか、「後楽園球場の上に球場の四倍もあるＵＦＯが浮かんでいるのが見えた」とか、途方もないエピソードだけである。その一方、「霊能力」をダシにして金儲けをしたり、デタラメな予言で世間を騒がせたり、「障害者が生まれてくるのは前世のカルマ」などという許しがたい差別発言をする連中を糾弾している。霊の話をするだけなら罪はないが、そのせいで誰かが不幸になるのは許せない。

妻や娘のように、誰にも何の迷惑もかけていないし、能力を自慢することもない人間は、非難されるいわれはない。同じ世界に住んでいる以上、「見える人」と「見えない人」は、（理解し合えなくても）互いの存在を許容すべきだと思うのだ。

## 病気や怪我は日常茶飯事

結婚してもうひとつ驚いたのは、妻の病気の多さだ。

僕はいたって健康で、病院なんて一年に一度、風邪をひいた時に行くぐらいだ。それに対し妻は、月に何回も、それも内科・婦人科・形成外科・皮膚科・耳鼻咽喉科など、いろんな病院に通い、毎日必ず何かの薬を飲んでいる。毎月の生理痛や排卵痛はもちろん、頭痛・腰痛・神経痛・筋肉痛・歯痛など、常に体のどこかに痛みを訴えている。花粉症もひどいし、口内炎・胃炎・腸炎なども何年かに一度はなる。我が家の医療費はかなりの額である。

婚約期間中、卵巣嚢腫が破裂して入院したことがある。前夜からひどい腹痛を覚え、救急車を呼んでほしいと頼んだのだが、家族からは「そんなおおげさな」「ただの食べすぎやで」と笑って相手にされなかったという。イソップ童話ではないが、いつも「お腹が痛い」と言っていたもので、「またか」と信じてもらえなかったのである。朝になって病院に行き、ようやく大変なことだと判明して入院したのだ。

怪我もよくする。一度など、電車で吊り革につかまっていて、揺れた拍子に肩を脱臼したことがある。お医者さんや看護師さんも「そんなので脱臼するなんて聞いたことがない」と笑っていたそうだ。

新婚当初、ある日の夕方、原稿を書いていたら、妻が仕事部屋に入ってきたことがあった。

「なあ、今日の晩ごはん、代わりに作ってくれへん？」

「いいけど、どうしたん？」

「うん、料理してたら指切ってしもて……」

見ると、左手の親指の腹がざっくり裂け、だらだら血を流している！

「そんなこと言うてる場合か！　止血や止血！」

慌てて妻を居間に連れ戻し、応急手当をした。妻は血を流しているにもかかわらず、「晩ごはんの料理をどうするか」ということしか頭になかったのである。

しかも、なぜ親指の腹など切ったのか。事情を訊いてみてさらに唖然となった。何と、キャベツをまな板の上ではなく、左の手の平に載せて切ろうとしたというのだ。それは指を切るのが当たり前だろう。

このように、妻は看護師のくせに、自分の体に無頓着なところがある。病気や怪我が日常茶飯事なもので、調子が悪いことが普通になってしまっているのだ。そのため、肉体の限界に気づかずに無茶をしてしまう。

結婚前に言っていたように、仕事から帰ってきてぐったりとなることも多かった。特に腰痛は老人介護にたずさわる人たちの職業病だ。トイレ介助や入浴介助のために、自分より体重のあるお年寄りを一日に何十回も持ち上げなくてはならないからだ。横になった彼女の腰を揉んであげるのが、僕の夜の日課になった。

そのくせ家事も手を抜かない。料理は毎日、きちんと作る。しかもかなりうまい。僕は何度も「もっと手を抜いてええんやで」と言うが、よほどのことがないかぎりレトルト食品やインスタントは使わない。外食も最小限だ。「だいじょうぶ？」「仕事つらいんとちゃう？」と訊ねても、妻は笑って「平気平気」と答える。ちっとも平気そうには思えなかった。

少しでも妻の負担を減らそうと、一週間に一度は僕が夕食を作るようになった。毎晩、食後の皿洗いも僕の担当だ。これは今も続いている。妻の代わりにスーパーに買い物にいくことも多い。

娘を妊娠した時のこと。病院で切迫流産と診断された。流産になりかけている状態で、安静が必要である。もちろん仕事も休まなくてはならない。職場に勤務の変更願いを出さなくてはならないので、妻は病院からそのまま自転車に乗って職場に行った。

老健で出会った同僚たちと話しているうち、「ところで今日はどうしたの？」と訊ねられ、「うん、実は切迫流産でな……」と答えると、みんなの顔色が変わった。

「あんた、何で自転車に乗ってきたの⁉」

そう、当たり前だが、安静だから自転車に乗ってもいけないのである。

「早く帰り！　自転車に乗ったらあかんで！」

と言われた妻、今度は自転車に乗らずに押して坂道を登り（そっちの方が重労働だと思うが）、実家に報告に行った。当然、ここでも母親に叱られた。「あんた、何でタクシー使わへんの⁉」と。

「だって、病院に自転車置きっぱなしにしとけへんやん」

「そんなの後で取りに行ったらええやん！」

こんな調子である。今では娘の前で、「ママののんきな性格のせいで、お前、流れるところやったんやで」と笑い話のネタにしているが、冷静に考えると恐ろしい話である。


ちなみに妻のこの体質も、娘に遺伝しているようだ。よほどドジなのか、やたらすり傷や打撲やねんざをするもので、学校では年に何十回も保健室のお世話になる。今では保険医の人に声を覚えられ、ドアの前で「失礼します」と言っただけで、「美月ちゃん、今日はどうしたの？」と言われるらしい。自慢にならん。

## 妊娠の喜びと悲しみ

その妊娠をめぐっても、様々なドラマがあった。

最初、子宮の中になかなか胎児の影が見えてこなかった。産婦人科の医師からは「かなりの確率でだめでしょう」と宣言された。妻はすっかり消沈した。僕は「また今度があるよ」「回復したら海外旅行に行こう」などと慰めた。二人とも、最初の子供は失う覚悟を固めていた。

ところが数日後、影が見えはじめた。正常な妊娠だった。あの悲壮な覚悟は何だったの、と二人であきれながらも安堵した。

だが、妊娠期間中はつらいことの連続だった。ドラマなどで描かれた妊娠の描写が、どれほど甘いかを思い知らされた。

とにかく、つわりがひどかった。食べ物の嗜好が変わることは知っていたが、妻の場合は極端だった。嗅覚が異常に敏感になり、匂いのきつい食べ物が食べられなくなった。妻が仕事に出かけた日、僕は昼にインスタントラーメンを食べてから外出した。帰宅したら、先に帰っていた妻の字で、「私を殺す気か！」と書かれた紙がテーブルの上にあったのには驚いた。数時間後も部屋にたちこめていたラーメンの臭気に耐えられず、気分が悪くなったのだ。

妊娠が進行するにつれ、つわりも悪化し、妻の食べられるものはどんどん減っていた。ついには炊きたてのご飯の匂いまでだめになった。栄養をつけなきゃいけないのに、いったい何を食べればいいのかと、途方にくれたものである。

妻は妊娠しても仕事を続けた。老健の仕事が大好きで、出産後も仕事を続けたいと希望していた。僕もその願いをできるだけかなえてやりたかった。

だが、そんなことを言っていられなくなった。

妊娠二か月目あたりだったと思うが、妻の体調が悪化して入院した。幸い、流産の危機は数日で去った。妻はほっとして、また職場に復帰する気まんまんだった。だが、僕は彼女の身を心配し、こう言った。

「約束して。今度入院したら仕事は辞めるって。仕事が好きな君の気持ちも分かるけど、今は君や赤ん坊の命の方が大切やろ？」

妻はしぶしぶ承諾した。

それから数週間後、妻はまた入院した。「今度もたいしたことなかったわ」とベッドの上で笑う妻に、僕は暗い声でこう宣告した。

「約束、覚えてるよね？」

妻は泣いた。大泣きした。仕事が続けられなくなったことがつらくて。大好きなお年寄りたちの世話ができなくなることが悲しくて。

僕の胸は締めつけられた。こんな宣告はしたくなかった。妻に苦しい思いをさせたくなかった。仕事を続けさせたかった。だが、彼女を守るためにはしかたなかった。

彼女は自分の体の限界を知らない。他人のために、いつも限界を超えて肉体を酷使する。笑顔で「平気平気」「これぐらいだいじょうぶ」と言い続け、ばったり倒れる。その繰り返しだ。誰かが「もうやめろ」と命令しない限りは。

「君はもう充分、お年寄りのために働いたよ。これからは自分のことを大切にしなさい」

僕がそう言っても、妻は泣き続けた。あんなに長く泣いた妻を見たことは、後にも先にもあれっきりだった。

## 子供の名前は山本ラドン？

妊娠中はつらいことばかりではなかった。そもそも、つらい境遇は笑いで乗りきるのが我が家の家風だ。女の子だと判明してからは、二人で名前を考えるのが楽しかった。

妻が考えつく名前は珍名ばかりだった。しかもそれをギャグではなく、大真面目に提案するのである。いくつか挙げると、

「山本北斗」女の子の名前とは思えないが、これはまだましな部類。

「山本まひろ」まなみ＋ひろしで……安直だよ！

「山本五月（さつき）」八月生まれなのに？

「山本美星」いい名前だと思うよ、『天地無用！』さえなければ。

「山本カムイ」抜け忍か⁉

「山本阿修羅（あしゅら）」それでは我が子に「悪魔」とつけた親を笑えない。

「山本津波」却下だ、却下！

「カフェオーレ山本」何じゃそりゃあ⁉

山本カフェオーレではなく、カフェオーレ山本なんである。「かっこええやんか、カフェオーレ山本！」と、妻は強硬に主張する。かっこいいか？　つーかそもそも、役所に届けるのに、どうすれば名前を姓より先にできるの？

いちばんすごかったのは「山本ラドン」である。妻は真剣に「ラドン」はいい名前だと主張する。僕が冗談で「じゃあ『山本ギャオス』にしたら？」と言ったら、「ギャオスは語呂が悪い」と言う。「ラドン」は語呂がいいのか⁉

ちなみに僕が考えたのは「山本アリス」「山本ミルク」止まりである。いや、けっこういいんじゃないかと思ったんだけどね、「アリス」。

結局、こうした珍名はすべて却下した。つける親は楽しいかもしれないけど、子供が学校でからかわれるのはかわいそうである。やっぱ「うさぎ」とか「れたす」とか「ざくろ」とかつけちゃいかんよね。

いろいろ考えた末、「水姫(みずき)」で決まりかけた。僕も妻もいい名前だと思っていた。だが、妻の母の「名前に『水』が入るなんて縁起が悪い」という一言でボツになった。結局、同じ発音の「美月(みづき)」という無難な名前に落ち着いた。

ちなみに、この頃書いた短編「ときめきの仮想空間」で、ヒロインの名前を「水海(みずみ)」にしたのは、「水姫」がボツった反動で、どうしても「水」とつく名前を女の子につけたかったからである。

奥さんの出産を控えた男性諸氏に言っておく。ラマーズ法の講習は受けた方がいい。例の「ひっひっふー」というやつである。これを覚えないと夫が出産に立ち会えないのだ。なぜかはよく分からないが、そういう決まりなんだからしかたない。

僕は出産に立ち会った。苦しむ妻のそばにいてはげまし続けた。我が子が生まれてくる瞬間も目にした。

すさまじい。

その光景は想像を上回っていた。ほとんどスプラッタ・ムービーである。実際、気の弱い夫の中には失神する人もいるらしい。だが、目にする価値はある。命が生まれてくるのはどれほど大変なことなのか、実感できる。出産するのに女性がどれほど大きな苦難に耐えねばならないかを知るのは、大切なことだと思う。

「声が聞こえへん……」

妻が不安そうに言った。生まれたばかりの美月は、まだ声をあげていなかったのだ。医師が尻を叩くと、元気に泣き出した。

それを聞いて、疲れきった妻の表情にようやく笑みが浮かんだ。

## 子供は思い通りに育たない

僕は子育ても手伝った。ミルクをやり、おむつを換えた。子育てはこれまた大変な労働で、妻は夜になると疲れきって寝てしまう。夜の世話は僕の役目だった。

とにかくよく泣く子だった。おむつを換え、ミルクをやり、抱き上げてあやし、子守唄を歌ってやっても泣きやまない。一度など、夜の三時まで泣き続け、こんな小さな体のどこにそんな体力があるのかとあきれたものだ。泣き声で妻の眠りを妨害してはいけないので、暖かい夏の夜などは、赤ん坊を抱いて夜の街を散歩した。

少し大きくなってからも、僕は妻の労働を軽減するため、娘をベビーカーに乗せてよく散歩につれて行った。駅の近くの人通りの多いところも徘徊した。四〇歳の男がベビーカーを押している光景はどう見られただろうか。僕は気にしていない。恥ずかしいことなんかない。男が子育てを手伝うのは、むしろ誇るべきことではないか！

ちょっと大きくなってからはアトピーになり、治療のためにずいぶん皮膚科に通った。妻は出産後、落ち着いたら仕事に復帰する気でいたのだが、それは無理だった。やたらに手がかかる子で、子育てだけで手いっぱいだったからだ。

うちは僕がいてこれだから、夫が子育てを手伝わない家では、母親の苦労はどれほどだろう。育児ノイローゼになる母親がいるのも理解できる。

美月はユニークな子だった。よく泣くのもそうだが、育児書の常識を次々にくつがえした。立ち上がるのも、歯が生えてくるのも、育児書に書いてある時期より何か月も早く、「こいつ、ミュータントか⁉」と驚いた。反対にしゃべりだすのは極端に遅く、僕は「もしや障害があるのでは」とやきもきしたものだ。だが、妻はまったく気にしていなかった。楽天的な性格もあるが、以前、障害児の施設に勤めていたことがあったため、僕ほど深刻に考えていなかったのだろう。しゃべるようになると、今度はそれまでの遅れを取り戻すかのように、ものすごくしゃべりだした。今では毎日、学校での出来事を逐一報告する。うるさすぎるぐらいである。

ここでも僕は幻想を打ち砕かれた。

子供が生まれる前、僕は娘をどんなタイプに育てようかと夢想していた。おしとやかでも気が弱い女の子は困る。いじめられて悲しい思いをするかもしれないからだ。いじめをはね返すような気の強い女の子、それこそ自分のことを「ボク」と言うようなボーイッシュな女の子がいい。父親とプラモデルや怪獣の話で盛り上がってくれるような女の子なら、いっそう理想的だ……（「いや、それはお前の個人的趣味だろう」と、過去の自分に向かってツッコミを入れたくなる）。

理想と現実は違った。

たとえば僕は、娘を洗脳しようと、小さい頃から『ガメラ』や『ジュラシック・パーク』のビデオを見せていた。その結果はどうかというと、娘は怪獣嫌いになってしまった（笑）。

幼稚園の頃、妻が娘を遊園地に連れて行ったら、ウルトラマンのアトラクション・ショーで、怪獣が出てきたとたんに大泣きしてしまった。後で写真を見せてもらったら、アトラク用の出来の悪いムルチだった。「こんなので泣いたのか⁉」とあきれたものだ。

怪獣だけではない。節分に近所の児童センターの催しに行ったら、赤いタイツを着てお面をかぶった鬼が出てきたとたんに泣きだした。他の子はみんな元気に鬼に豆をぶつけていて、泣いているのはうちの子だけだった。おもちゃ売り場では、お面がこわくて泣いた。たまたま入ったデパートのスヌーピー展を見ていたら、大きなスヌーピーの人形を見て泣きだした。

最近はさすがに鬼やスヌーピーで泣くことはないが、こわがりで泣き虫なのは治っていない。僕ら一家は大阪に住んでいるのに、まだ一度もユニバーサル・スタジオ・ジャパンに行ったことがない。娘が「『ジュラシック・パーク』がこわい」と言うからだ（笑）。小さい頃にビデオを見せたのは失敗だったようである。

しかし、泣き虫だからといって、気が小さいとかひっこみ思案ということはない。やたらに快活だし、頭が良く、社交性も高い。泣き虫なせいで学校では男子にからかわれることがしょっちゅうで、よく腹を立てて帰ってくるが、たいして深刻に受け止めていない。いじめられっ子で暗かった僕の子供時代とはまるで違う。この子なら「いじめを苦にして自殺」なんてことはなさそうだ。

　このように、生まれつきの性格というものがある。さらに、親が子供を故意に誘導しようと特定の情報をインプットしても、子供は自分でいろんなものをインプットしてしまう。娘の思いがけない言動に、「どこでそんなの覚えた⁉」と驚くことがしばしばである。

　たとえば最近、娘は「おっぱいの大きなお姉さん」に興味を示している。『涼宮ハルヒの憂鬱』では朝比奈みくるのファンである。ガチャポンのフィギュアなども胸の大きさを気にする。自分の胸が早く大きくならないかと願っている。僕は巨乳趣味ではないし、娘にそんなものを教えた覚えも断じてないのだが。

　考えてみれば、僕だって親の影響でＳＦファンやアニメファンやロリコンになったわけではない。やおい趣味とかメイド萌えとかメガネっ子萌えの人たちだってそうだろう。それは誰かに教わるのではなく、自分で勝手に目覚めるのだ。

　親が想像もしていなかった方向に子供は育つ。親が子供の性格をコントロールしようというのは不遜だし、不可能である。結局、子供は「自分がなりたい自分」になってゆくのだろう。せいぜい「法律を破るな」「人に迷惑をかけるな」と、きびしく教えこむぐらいである。

　悪い女や、男に騙されて泣くような女にならなければ、どんな女性に育ってもかまわない――今ではそう思っている。

## 結婚生活で学んだこと

他にも、妻の方向オンチのこととか、「中一までサンタ」とか「テレビ初出演で大騒ぎ」とか「瀬戸の花嫁」とか「末吉さんと握手」とか「インフルエンザで爆笑」とか、面白い話はいっぱいあるのだが、また別の機会にしよう。

僕は結婚生活で多くの体験をし、多くのことを学んだ。それらは僕の作品にも反映されている。

たとえば『神は沈黙せず』（角川書店）のラストはこんな言葉で締めくくられる。

　そう、一人の子供を正しく導くこと、それが最初の一歩だ。ひどく小さな一歩だが、それでも世界に平和をもたらす最初の一歩だ。
　私はそう信じる。

これは子育てを通じて実感した僕の本音である。

あるいは『アイの物語』（角川書店）の中で、アンドロイドのアイビスが語るこんな一節。

私たちはヒトを真に理解できない。ヒトも私たちを理解できない。それがそんなに大きな問題だろうか？　理解できないものは退けるのではなく、ただ許容すればいいだけのこと。それだけで世界から争いは消える。

これも結婚生活を通じて、妻との関係で学んだ教訓である。

もちろん『アイの物語』の中のエピソード、老人介護の現場で働くアンドロイドの話「詩音が来た日」（自分でも傑作だと思う）は、妻の体験が大きなヒントになっている。苦労している妻を見ていて、ロボットがいれば老人介護の仕事も楽になるのに……と思ったのが最初の発想だった。執筆の際には妻に話を聞き、書き上がってからも初稿を読ませて描写が正確かチェックしてもらった。妻と出会わなかったら決して書けなかった話だ。

今の僕は幸せである。子供の頃から「SF作家になる」というのが夢だったが、それは達成された。

何よりも嬉しいのは、人づき合いが下手で内向的なオタクだった僕にも、こうして立派な家庭が持てたことである。

子供が生まれる前、僕はまともな父親になれるか不安だった。父親としての自覚を持てないのではないか、よくニュースで報じられる子供を虐待する父親や、父のように家庭を見捨てる父親になるのではないかと内心恐れていた。

今はそんな不安は払拭された。僕は娘を深く愛している。いっしょにアニメを見る。休日にはよく親子で遊びに出かける。悪いことをしたら叱るし、ごくたまにしつけのために叩くことはあっても、虐待など夢にも思わない。

もちろん妻も愛している。浮気など考えたこともない。

せっかく手に入れた今の幸福を壊すようなことを、誰がするものか。

ある冬の朝、娘が起きてくる前に、例によって居間で妻と抱き合っていちゃついている時、僕はふとつぶやいた。

「うちってほんとに仲がいいよね、秘訣は何やろ？」

すると妻は笑って即答。

「おおらかな心！」

そう、こんなに結婚生活がうまくいった理由は、僕の妥協もあるだろうが、妻の性格が大きい。どんな逆境も笑いで乗りきるタイプで、それにどれだけ救われたことか。

「君って人生の中で落ちこんだことってあるの？」

と訊ねると、「うーん……」と長く考えこむ。失敗して落ちこんだ経験が思い出せないのだ。たまにちょっとぐらいめげることはあっても、すぐに「ドンマイ、ドンマイ」で回復してしまい、決して翌日まで尾を引かない。僕は落ちこむとけっこう尾を引くタイプなので、彼女の性格はうらやましい。

そう、「おおらかな心」こそが秘訣だ。

繰り返すが、我が家は特殊な例である。誰の家でも応用できるわけではないだろう。だが、「理解できなくても許容する」「おおらかな心」を心がけていれば、不幸になる危険性は減らせるのではないだろうか。

# 第四章　これがマニアの生きる道

# 悪役というお仕事

『サーラの冒険②　悪党には負けない！』あとがき

一九九二年七月二五日、唐沢俊一さん（漫画家の唐沢なをきさんのお兄さんで、漫画原作者として有名）のご厚意で、新宿の劇場で行なわれた仮面ライダーのイベントの楽屋裏を拝見する機会に恵まれました。

小林昭二さん、宮内洋（ひろし）さん、潮健児（うしおけんじ）さん……ブラウン管でしかお目にかかったことのないスーパーヒーローやスーパーヴィランの方々と、数十センチの距離まで接近できたのです。緊張のあまり、ほとんど何も喋れませんでしたが、実に感動的な体験でした（どうだ、友野、うらやましいだろう⁉　うわはははははははは）。

テレビで見てると楽そうだけど、裏の苦労は大変なものです。特にすごいと思ったのが、何十年も東映の悪役一筋の潮健児さん。地獄大使のコスチュームで舞台に登場し、熱狂的ファンの「イーッ！」という声援（？）を浴びながら、大ノリにノった怪演を見せていましたが、楽屋に戻ってコスチュームを脱ぐと、もう汗びっしょり！　体力と根性がないとできないお仕事なんだと実感しました。

ライダーや地獄大使だけではなく、名もない戦闘員の方々の苦労も、並大抵のものではないそうです。運動神経もなく、暑さに弱い僕には、とても想像できません。おまけに、ハードな練習をこなし、どんなに見事なアクションを見せても、マスクをかぶっているのでは、決して有名にはなれないのです。

それなのに、みんな実に嬉しそうに、それぞれの役を演じておられます。様々な苦労を乗り越え、ヒーローや悪役を演じる俳優さんたち。危険なアクションをこなすスタントマンの方々。そして、それに声援を送るファンたち（僕もその一人なんだけど）……その熱気は「すごい」としか形容できないものです。

そこには〝文学性〟も〝芸術性〟もありはしません。ストーリーは行き当たりばったりだし、科学考証もデタラメ。奇怪なコスチュームを着けた人たちによる、派手な格闘シーンの連続は、〝良識ある〟人の眉をひそめさせるでしょう。

でも、そこには〝文学性〟や〝芸術性〟を超越した魅力があるのです。ファンを熱狂的に引きつける、ある種の美学があるのです。

その魅力の本質が何なのか、僕には分析できませんし、分析しようとも思いません。そもそも、〝評論〟だの〝分析〟だのをやろうとしたとたん、それはかんじんの本質を見失い、分解してしまう気がします。

その点、ハロルド・シェクターの『体内の蛇』（リブロポート）という本は、いわゆる芸術的な評論を拒否し、多くの人が熱中するB級大衆文化を、現代のフォークロア（民話）として捉えていて、好感が持てます（B級ホラーのファンの方、ご一読を）。

そう、仮面ライダーやウルトラマンは、すでに現代の民話になっているのかもしれません。テレビや映画のような新しい媒体が普及しても、人間の本質は、狩りの後で焚き火を取り囲み、語り部の語る英雄伝説に一喜一憂していた頃から、まったく変わっていないような気がします（あー、今回は軽く流すつもりだったのに、何となく高尚っぽい話題になってしまった。自己嫌悪……）。

『ソード・ワールド』における「冒険者」という職業は、もちろん架空のものです。読者のみなさんの中には、いくらファンタジー世界でも、本当にこんな職業が成り立つのかと、疑問に思われる方がおられるかもしれません。

確かに、冒険者の生活は、つらいことや危険なことの連続です。社会的地位は低いものですし、世間の偏見も強いでしょう。おそらく、大半の人は冒険者になりたいなどとは思わず、平穏でありきたりの一生を選ぶはずです。

でも、仮面ライダーにあこがれてスタントマンを目指す若い人たちが跡を絶たないように、アレクラスト大陸にも、冒険者という危険な職業にあこがれるサーラのような少年少女が、少なからずいるに違いありません。

冒険者を目指すサーラの冒険は、今回でようやく二回目。ヒーローへの道はかぎりなく遠いように思えますが、しかたのないことでしょう。変身ポーズひとつでヒーローになれるほど、この世界は甘くないのです。失敗や挫折を乗り越え、夢に向かって一歩ずつ努力を続けるしかありません。

どうか長い目でサーラの成長を見守ってやってください。

## 単行本のための追記

この文章を書いた後、潮健児氏は一九九三年に、小林昭二氏は一九九六年に亡くなられた。

一九九四年に書いた『妖魔夜行』シリーズの一編「さようなら、地獄博士」(『妖魔夜行　真紅の闇』〈角川スニーカー文庫〉に収録)は、特撮マニアの男が子供時代に見ていた特撮番組で悪役「地獄博士」を演じていた俳優と出会ったのがきっかけで、奇怪な体験をするという話で、僕なりの潮氏へのオマージュである。

# 時代をゼロに巻き戻せ!

恥ずかしい話だが、僕は『ガメラ　大怪獣空中決戦』（一九九五年）で不覚にも二度、涙した。

一度目はガメラの回転ジェットのシーンである。あれを見た瞬間、なぜか涙がじわっとあふれてきた。二度目はクライマックス、倒されたギャオスの超音波メスが空に伸び、ゆっくりと消えてゆく、あの「断末魔」のシーン。あそこでまた涙がじわっと来た。

なぜ泣けるのだ？

それが自分でも分からなかった。

ストーリーに感動したからではないのは確かだ。ノスタルジーでもない。ノスタルジーなら昔の『ガメラ』シリーズを見ても泣けるはずではないか。確かに『ガメラ対ギャオス』は子供の頃に大好きな作品だったが、大人になってから見ても泣いたことなどない。

なぜ泣けるのか分からなかった。しかし、僕の心の奥にある何かが、確かに「回転ジェット」と「断末魔」の映像に感動し、涙を流していた。

それが何なのか分かったのは、ずっと後のことだ。

最初にお断りしておくが、僕の特撮作品に対する評価基準は、この本をお読みの特撮ファンの方々のそれとは、かなり異なっている。たとえば、多くのファンが支持している『ウルトラマンティガ』を、僕はまったく支持しない。

参考までに挙げると、僕の考える『ティガ』のワースト・エピソードは次のようなものである。「地球に降りてきた男」「ゴルザの逆襲」「悪魔の審判」「うたかたの…」「怪獣動物園」「花」「拝啓ウルトラマン様」「ウルトラの星」「輝けるものたちへ」。ベスト・エピソードは……うーん、思いつかんな（笑）。

なぜワーストなのか？　いちいち説明していたら長くなるが、最も大きな理由は「話のつじつまが合っていない」という点だ。

ゴルザを噴火口に落として倒す？　マグマのエネルギーを吸収する怪獣に、さらにエネルギーを与えてどうする⁉︎　ＧＵＴＳが冷凍光線でエネルギーを奪って弱らせてから、ティガがとどめを刺すのが筋というものではないのか。

夜中にエネルギー切れで倒れたティガに、懐中電灯やビルの照明でエネルギーを与える？　そんなもんでエネルギーが補充できるなら、なぜ昼間、エネルギー切れになるのだ？

かわいそうなキングモーラットを小さくして動物園に入れる？　そんな便利な技があるなら、なぜガゾートやエボリュウに対して使わなかった⁉

ガルラの出現を予知した青年。心を入れ替えたのなら、なぜイーヴィルティガやギジェラの出現を予知してダイゴに警告しなかった？　事前に知らされていたら、ティガはあんなに苦労しなくて済んだかもしれないのに。

過去の世界にタイムスリップしたダイゴは、どうやって現代に戻ってきたのだ？　それにパラドックスはどうなった？

二〇〇〇年春の映画『ウルトラマンティガ THE FINAL ODYSSEY』も見たが、予想通り、いや予想を上回るひどさであった。思わず「ギップリャア！」と叫びたくなるダイゴとレナの臭いラブシーンや、子供を混乱させるだけの無意味なフラッシュバックの多用にも辟易したが、あの三人組が島に封印されているはずなのに、なぜかスパークレンスだけ外に持ち出せるとか、シビトゾイガーの出てくる穴をビーム攻撃で潰しておいて「これでもう奴らは出てこれない」と言っておきながら、ＧＵＴＳウイングでその穴に突入するというのは、まともな論理的思考力のある人間が書ける脚本ではない。さらに、三〇〇〇万年前からよみがえったばかりの奴が「ヘイ、マイ・フレンド！」とのたまうシーンでは、思わずスクリーンに向かって「何でやねん！」と声に出してツッコんだものである（ちなみに、僕がスクリーンに向かって「何でやねん」と言ったのは、『北京原人

Who are you?』のフランスパンのシーン以来だ）。

こんなことを書くと、「そんな些細なことにケチをつけるな」という声が聞こえてきそうである。しかし、これは断じて「些細なこと」ではない。プロットというのはドラマのまさに根幹。それがないがしろにされているというのは大問題ではないのか。

一部のファンタジーやホラー作品の場合、故意に話のつじつまを合わさないことによって効果を狙う場合もある。しかし、先に挙げたストーリーはどれも、必然性があってそうしているわけではない。少し考えれば矛盾を回避できる方法があるし、どうしても回避できない場合はプロットそのものを却下すればいいだけのことだ。それができないというのは、制作者たちの怠慢、もしくは無能によるものではないのか。

「深く考えなくてもいい」

「話のつじつまなんて合わなくてもＯＫ」

本気でそう思っているなら、創作という行為を舐めているとしか思えない――制作者も、それを許す視聴者の側も。

僕が子供の頃に見ていた特撮番組にも、たくさんの欠陥があった。

特撮は今から思えば稚拙だった。ロケットは情けない花火の炎をひょろひょろ噴いて上昇した。当時、本物のサターン・ロケットの発射シーンや、サンダーバード１号のリアルな噴射炎を見慣れた子供の目には、何とも安っぽく見えたが、僕は「これはロケットの噴射炎のつもりなんだ」と無理やり思いこんで見た。ピアノ線が見えることもしばしばあったが、僕は見えていないふりをした。

理屈に合わない話も多かった。ローターでスカイドンを宇宙に帰せないことぐらい、小学生でも知っていた。『ウルトラマン』と『ウルトラセブン』は本来、異なる作品世界のはずであり、したがって『帰ってきたウルトラマン』の中で両者が共演できるはずがないことも気づいていた。

それでも僕は、それを許して見ていた。心にフィルターをかけ、そうした欠陥を見て見ぬふりをしていた。

子供の頃に許せたことが、どうして今、許せないのか。僕は変わってしまったのか？いや違う。僕が変わったのではない。特撮番組の方が変わらなすぎるのだ。

あれから三〇年以上、確かに特撮技術は昔に比べて驚異的に進歩した。しかし、ストーリーの質は昔と大差ない。それどころか、部分的には昔より退歩している。

スタッフが怪獣や特撮を愛していないのではないか。お仕事でしかたなく作っているから、いいかげんなものしかできないのではないか――そう思ったこともあった。だが、今やそうではないことが完璧に証明されてしまっている。『ウルトラ』シリーズや『仮面ライダー』で育ち、怪獣やヒーローや特撮が大好きなはずのスタッフが作っている番組ですら、大きな欠陥がまかり通っているのだ。

「子供番組だから適当でいい」と思っているなら大間違いだ。子供は貪欲に情報を吸収する。下手すると大人よりもマニアックなのだ。番組の中に重大な矛盾点があれば、すぐに気がつく（少なくとも僕の子供時代はそうだった）。

「子供騙し」という言葉がある。だが、実際には子供は騙されてなんかいないことが多い。アニメや特撮や怪獣が好きだから、大人たちが苦労して番組を作っているのを知っているから、気づいていても、あえて騙されているふりをしているだけなのだ。

制作者たちは、その優しさに甘えている。

変身ヒーロー番組には昔から数多くの「お約束」がある。

「ヒーローが変身している途中、敵はなぜか攻撃してこない」

「ヒーローは登場の際、ポーズとともに自分の名を名乗る」

「ヒーローは必殺技を放つ際、技の名前を叫ぶ」

「武器はどこからともなく現われる」

「飛び道具を持っているヒーローも、なぜか格闘戦を好む」

「悪の組織は一度に一体の怪人しかヒーローに差し向けない」

「宇宙人や異次元人、超古代からよみがえった怪人も、なぜか日本語を喋る」

「大事件が起きているのに警察は何もしない」

エトセトラエトセトラ……。

制作者側はこれらを「お約束」として、何の疑問も抱かず、同じフォーマットに従った作品を作り続ける。特撮ファンたちも「お約束だからしょうがない」と納得して見続ける……。

しかし、よく考えてみるとおかしな話だ。「お約束」と言うが、いったい誰と誰が約束したのだ？

想像してみてほしい。外国から来たばかりで、日本の特撮番組に関する知識のまったくない子供がそうした番組を見たら、どう思うかを。

「あの人、銃を持ってるのに、どうしてそれで戦わないの？」

「どうして宇宙人なのに日本語を喋るの？」

「いったい警察は何やってるの？」

そう訊ねられたら、僕たちは「それがお約束だから」と答えるしかない。すると、その子は不思議そうにこう問い返してくるだろう。

「お約束って何？　僕は約束なんかした覚えないよ」

そう、「お約束」とはしょせん、作り手と一部の特撮ファンの間に交わされた暗黙の了解にすぎないのではないか？　少なくとも、特撮ファンでない一般視聴者や、生まれて初めて特撮番組に接する子供たちは、そんな約束などしていないはずである。

確かに「お約束」通りに番組を作るのは楽だろう。どんないいかげんなストーリーであっても、「お約束」で許されてしまう。さらに近年では、そうした「お約束」を許容して育ち、昔ながらのフォーマットを美しいと錯覚している特撮ファンがスタッフになり、そのフォーマットを当然のものとして、新たな視聴者に対して押しつけはじめている。その結果、プロットをないがしろにする風潮がいつまでもまかり通る……。

そうした弊害が現われたのが『ティガ』という番組ではなかったかと思う。たとえば、なぜダイゴがＧＵＴＳの中で正体を隠さなければならないのかという理由すら、よく分からない。普通なら「俺、巨人に変身できるようになっちゃったんです。体が心配だから詳しく検査してもらえませんか？」とか言いだすものではないか。なぜ、そうしない？

ウルトラマンは正体を隠すのが「お約束」だから——それ以外に理由はない。同様に、ウルトラマンが怪獣に対してぎりぎりまで光線技を使わないのも「お約束」だ。地球に着いたばかりの宇宙人や、よみがえったばかりの超古代人が、流暢に日本語を喋るのも「お約束」だ。倒れたヒーローが、子供の祈りや恋人の涙でパワーアップして復活するのも「お約束」だ。話のつじつまなんてどうでもいい。昔からみんなそうやってきたじゃないか……。

スタッフがそんな勘違いをしているように、僕には思えてしかたがないのだ。

さて、この評論のテーマは『ガメラ』でも『ティガ』でもない。『仮面ライダークウガ』である。

この番組、正直言って、僕はまったく期待していなかった。鳴り物入りで復活したスカイライダーやBLACKがどんなことになったか、この目で見て知っていたからだ。また復活したって、どうせ同じような結果に終わるに決まってる……と。

第一話を見た段階では、「ふうん、ちょっとはましかな」という程度の感想しかなかった。しかし、二話、三話……と見続けるにつれ、だんだんのめりこんでいった。

「これは……画期的な番組だ！」

何と言っても驚いたのが、従来の「お約束」を徹底して潰していることだった。それどころか、「お約束」破りを逆にストーリーを盛り上げる手段に使っている！

刑事を副主人公にして、警察の動きを克明に描くことにより、ドラマにリアリティを与えた。

視聴者にも理解できない言葉をグロンギ怪人たちに喋らせることにより、彼らの不気味さを強調した。

唯一、飛び道具が使えるペガサスフォームに制限時間を設定することにより、一撃必中で倒さなくてはならないという緊迫感を盛り上げた。

怪人が一度に一体ずつしか行動を起こさない理由――「ゲゲル」の謎そのものをストーリーの柱に持ってきた。

何と言っても驚いたのは第二話だ。変身ポーズの最中に殴りかかってくるズ・グムン・バ！　それに対して殴り返しながらクウガに変身してゆく五代！　ああ、かっこいい！

毎回、新鮮な驚きの連続。ヒーローが怪人と間違えられて（そりゃ、あの姿じゃね……）警官隊に包囲されるとか、手にしたものが武器に変化するとか、感覚がいきなり普段の数千倍になったらうるさくてしょうがないとか、これまでの番組では決して見られなかった場面が次々に出てくる。

「お約束」ってこんなに窮屈なものだったのか――『クウガ』を見て、改めてそれを思い知らされた。

笑っちゃったのが、五代がトライゴウラムの前輪を指して、「合体するとここも変わるんですよね」と言うシーン。そりゃ確かにタイヤやスポークの形が変わるけど、視聴者の大半はそんなこと言われなきゃ気がつきませんって（笑）。しかし、それをわざわざ言ってしまうところに、「どんな些細な矛盾点も見て見ぬふりはしないぞ」というスタッフの誠実さを感じるのだ。

それにしても『クウガ』という番組、何と周到に設定が練り抜かれていることか。従来の特撮番組には必ずあったツッコミどころ（ムー大陸の遺跡で発見されたバイクに「ＳＵＺＵＫＩ」と書いてあるとか）がまったくないのだ。

先のペガサスフォームの制限時間にも感心したが、ライジングフォームでは怪人の爆発が周辺に被害を与えるため、街中でうかつにとどめを刺せないという制約にもうなった。それで怪人を安全な場所まで運ぶ必要が生じ、ビートゴウラムの出番が増えるわけだ。うーむ、よく考えたもんだ。

さらに、各フォーム間のチェンジがすみやかに行なわれるのも嬉しい。姿を消して逃げるメ・ガルメ・レは、空中からペガサスフォームで狙撃する。ゴ・ジャラジ・ダの針で刺されそうになった瞬間、タイタンフォームになってはじき返す。危険な溶解液を武器にするゴ・ザザル・バに対しては、動きの速いドラゴンフォームでまず武器をはじき飛ばす――どれもこれも、「確かにこうするしかない」と納得できる戦いなのだ。

言うは易し、である。スタッフが自分たちの作った設定を使いこなしていない番組が、いかに多かったことか。明らかに装甲の厚い怪獣に対して、ティガがいつまでもマルチタイプのまま戦い続けているのを見て、「早く赤にならんか！」と苛立った経験が、あなたにもあるはずだ。

おそらくスポンサー・サイドからの圧力――従来の『仮面ライダー』のフォーマットで番組を作れという要求も、かなり強かったものと想像する。しかし、『クウガ』のスタッフはあくまでそれを拒否した。昔と同じ番組を作ってもしょうがない。我々は新しいフォーマットを創造するのだ……。

番組開始当初、「意味不明」と不評だった主題歌（僕も「何だこりゃ」と思ったものだが）の意味も、今となっては明白である。「時代をゼロからはじめよう」「伝説は塗り変えるもの」「英雄はただ一人でいい」「俺が変えてやる」……何という不敵な歌詞！　これはまさに旧シリーズへの挑戦であり、スタッフの決意表明だったのだ。

「俺たちはノスタルジーで『仮面ライダー』を復活させるんじゃない。まったく新しいヒーローをゼロから創造してやるんだ！」

そして、その意気ごみは見事に成功した。


五年前、同じ意気ごみを抱いて成功した作品が、『ガメラ　大怪獣空中決戦』だった。

「ジェット噴射で空を飛ぶ巨大な亀」——その荒唐無稽な設定を、スタッフはあくまでリアルに描ききった。ガメラというブランドに依存することなく、従来の怪獣映画のフォーマットを破り、まったく新しい怪獣映画を創造した。

僕はこの映画を、極力、白紙の状態で鑑賞した。平成ガメラも回転ジェットで飛ぶことは事前の情報で知っていたが、それがどんな映像なのか予想できなかった。当然、僕の頭の中にあったイメージは、昔のガメラがしょぼい花火の炎を吹きながらくるくる回転する、あの映像だった。あれと同じものをまた見せられたらどうしよう、回転ジェットなんてかっこ悪いからやめればいいのに……そんな不安が胸に渦巻いていた。

しかし、実際に目にした平成ガメラの回転ジェットは、いい意味で僕の予想を裏切った。

本物のロケットの発射を思わせる、すさまじい炎と白煙とともに、力強く上昇してゆくガメラの巨体——そう、それはまさに「力強い」のだ。そして上空に達するや、一転して目にも止まらぬ高速回転に移行し、驚く人々を尻目に一直線に飛び去る……。

これが「本物」の回転ジェットだ！

声に出したわけではないが、僕はその瞬間、確かにそう思った。

同時に、涙がじわっと出てきた。

今ならその涙の理由を説明できる。僕はもう、心にフィルターをかける必要がなくなったのだ。ストーリーの欠陥を見て見ぬふりをし、ただの花火を「ジェット噴射だ」と無理に思いこまなくても良くなったのだ。特撮を愛しているからという理由だけで、欠陥だらけの作品をがまんして見なくてもいいのだ。ついに「本物」の映像にめぐり合えたのだから。

「本物の怪獣映画を創造する」

その意欲があったからこそ、『ガメラ』は成功したのだ。

無論、『クウガ』という作品にも多くの欠陥はある。ストーリー展開が遅い。CGが嘘っぽい。怪人のデザインのモチーフが分かりにくい。一部、演技力に問題のある役者(誰とは言わんが)がいる……。

しかし、そうした点は承知のうえで、僕は『クウガ』のスタッフの意欲と功績を高く評価したい。多くの制約を破り、圧力と戦い、ここまでの番組を創り上げた努力に敬意を表する。この文章を執筆している段階では、まだどんなラストを迎えるのか分からないが、一年間見守り続けてきた視聴者を裏切らないものであることを期待する。

もっとも、これはまだひとつの出発点なのだ。ここから特撮番組は二一世紀に向けて飛翔しなければならない。

一九七九年、『機動戦士ガンダム』がロボット・アニメというジャンルにリアリティを持ちこみ、アニメの歴史を決定的に塗り変えた。一九九五年、『ガメラ　大怪獣空中決戦』も怪獣映画に新しい風を吹きこみ、エポック・メーキングとなった。そして二〇〇〇年、『仮面ライダークウガ』は変身ヒーローものというジャンルを革新した。

新しいハードルが登場した。これからの変身ヒーローものは、「『クウガ』を超える！」が目標になることだろう。

誤解しないでいただきたい。何もすべての変身ヒーローものがリアル路線を目指すべきだと言っているのではない。八〇年代、『ガンダム』のヒットはリアル・ロボット作品の氾濫を生んだが、その反動として、『勇者』シリーズ、『エルドラン』シリーズのような昔ながらの荒唐無稽なロボット・アニメも興隆し、それは『勇者王ガオガイガー』で頂点に達した。それと同様に、たとえ『クウガ』の路線が定着することがあったとしても、旧来のフォーマットに基づいた変身ヒーローものも創られ続けるだろう。

しかし、『マジンガーZ』と『ガオガイガー』がまったく異なる作品であるように、それらはもはや昔と同じ番組ではありえないはずだ。なぜなら、僕らはもう『クウガ』という作品を見てしまったからだ。「お約束だから」「会社の方針で」「スポンサーの圧力で」といった言い訳が、古いパターンに安住し、殻を破りたいという意欲の欠如を隠す口実にすぎないことを知ってしまったのだ。新しい作品を創造する意欲と、それを貫き通すバイタリティがあれば、必ず何らかの結果がもたらされるはずなのだ。

「やればできる」——それが『クウガ』のメッセージだ。

# 愛って何なんだ？　こうあるべきだった『コスモス』

嫌な時代である。

本題に入る前に、以前に書いた『クウガ』評の続きを少しばかり。僕もあのラスト三話には愕然となったクチである。「さんざん盛り上げておいて、アルティメットフォームの出番ってこんだけ？」と。どう受け止めてよいものか分からず、しばらく困惑していた。

しかし、放映が終わって何週間か経つと、どうにか理解でき、受け入れられるようになった。

「仮面ライダーとは何か？」

「ヒーローとは何か？」

それについて考え続けたスタッフは、とうとう、気がついてはいけないことに気がついてしまったのだ。「正義を守るヒーローといっても、しょせんは暴力で問題を解決しているだけじゃないか」という事実に。

それに目をつぶって、もっとまともな結末にすることは可能だっただろう。パワーアップしたクウガがかっこいいバトルでン・ダグバ・ゼバを倒し、大団円……という、ありきたりだが爽やかな結末に。

だが、『クウガ』のスタッフはそれをしなかった。いや、できなかったのだ。事実に気がついた以上、目をつぶることができず、「悪を倒すこともまた暴力である」ということを描かなくてはならなくなった。

『仮面ライダー』のフォーマットを解体し続けた彼らは、ついに仮面ライダーのヒーロー性そのものを否定せざるをえなくなったのだ。

ドラマとして見れば、やはり『クウガ』最終三話は失敗作と言わざるをえない。しかし、誠実であるがゆえの失敗作だ。だから僕は肯定的に評価する。

少なくとも、欺瞞に満ちた口先だけの「愛」や「正義」を唱えられるより、ずっといい。

さて、劇場版『ウルトラマンコスモス THE FIRST CONTACT』の話である。

今回、またもやバルタン星人が登場する。『ザ☆ウルトラマン』や『シュシュトリアン』あたりも加えたら、一〇回近くになるのでは？　しかし、これまで何度も再登場したバルタン星人と違う点がある。『ウルトラマン』の「侵略者を撃て」「科特隊宇宙へ」を手がけた飯島敏宏＝千束北男が監督だということだ。「侵略者を撃て」のラストで、初代ウルトラマンは二〇億三〇〇〇万人のバルタン星人が眠る円盤を破壊した。たった一人のバルタン星人が地球侵略を企んだという理由で……。

これはどう考えても正義ではない。ジェノサイドである。他のバルタン星人に悪意があったという証拠は何もないのだ。中には罪のない女子供（彼らが有性生殖かどうかは謎だが）も大勢いただろうに。

特撮ファンなら誰でも、大きくなって再放送でこの事実に気づき、我らのヒーローのおぞましい行為に後味の悪い思いをしたことと思う（「いや、俺は何も感じなかった」というボケた奴とは、あまり話はしたくない）。少なくとも僕は、この点で納得できないもやもやした感情を、ずっと胸の中に抱いてきた。

あれから三五年。飯島監督はこのもやもやにどう決着をつけてくれるのか。僕の興味はその点にあった。

そして映画館に足を運んだ。

主人公のムサシ少年は、小学校五年生になってもまだ「ウルトラマンが本当にいる」と信じていて、クラスメートにバカにされている。

ということは、あの世界ではウルトラマンはTVの中の架空のキャラクターらしい。じゃあ、コスモスは偶然、ウルトラマンに似ていただけ？　それにしては劇中でバルタン星人が「ウルトラマンコスモス」と呼んでいたりして、よく分からない。

しかし、いくらなんでも五年生にもなってウルトラマンの実在を信じているのはどうかと思う。「夢を持つこと」と「現実と空想の区別がつかないこと」は、ぜんぜん違うと思うのだが。まあ、うちの嫁さんみたいに、中学一年までサンタクロースを信じてた人もいますけどね(笑)。

他にも、バルタン星人を子守唄で眠らせるという『タロウ』的世界観、単なる一発ネタのクレバーゴン、案の定出てきた『アイアン・ジャイアント』『ジュヴナイル』の影響などは、まあ、笑って許してあげてもいい。

問題なのは、テーマである。

「真の勇気とは何か」なのか、

「夢を持つことの大切さ」なのか、

「父と子の絆」なのか、

「宇宙人との共存」なのか、

そのどれもが中途半端な描かれ方しかされていないのだ。

一例を挙げよう。コスモスは自分を助けてくれたムサシに青い石を渡し、「真の勇者」云々と言う。映画の中盤、怪獣が出現し、ムサシは青い石をかざしてウルトラマンを呼ぶが、なぜかウルトラマンは現われない。観客としては、「ははあ、ムサシはまだ『真の勇者』じゃないから、ウルトラマンを呼ぶ資格がないのだな」と想像する。クライマックスでムサシが勇敢な行動をした時に、それに応えてコスモスが現われるのだろうと。

ところが、クライマックスでムサシが呼ぶと、なぜかあっさりコスモスが現われるのである。

ええ、どうして？　ムサシ、何か「真の勇者」にふさわしい行動した？

ムサシの夢にしてもそうだ。「宇宙飛行士になりたい」という強い想いがあるなら、宇宙について勉強しているはずだし、その努力の成果が台詞の端々に現われなければおかしい。単に「宇宙飛行士になりたいなあ」じゃ、それこそ単なるガキっぽい夢ではないか。夢を実現したいなら努力しなきゃいけないんだぞ、ムサシ！

一番の問題はバルタン星人の扱いである。

今回、バルタン星人はきわめて同情的に描かれている。故郷の星を核戦争で失い、箱舟に乗って宇宙を放浪。やっと発見した地球は、環境破壊や戦争によって、かつてのバルタン星と同じ道を歩んでいた。だったら我々が占領して、正しい道を歩ませてあげようと……いい奴じゃん（笑）。

確かに怪獣を暴れさせたりしたが、そんなに大きな被害ではない（今回、街に最も大きい被害を出したのは、バルタン星人にとどめを刺したコスモスの光線ではないか?)。防衛軍の戦闘機をたくさん撃墜したが、防衛軍のほうが攻撃してきたのでやむなく反撃したように見えてしまう。

昔は「生命。分からない。生命とは何か」と言っていたバルタン星人だが、今回は死を覚悟して涙を流したり(複眼なのに!)、大人のやり方に反発するバルタン星人の子供が登場したりする。心がある存在として描かれているのだ。

また、登場人物が「バルタン星は地球の未来の姿なのかもしれない」と言ったり、小学校の教師が「宇宙人と地球人は共存できるか」をテーマに子供たちにディスカッションをさせたりする。

ならば結論は決まっている。「共存できる」だ。バルタン星は戦争によって滅んだ。異質な者と共存するすべを学ばなければ、地球も同じ道を歩むことになるのだから。

ところが!

あろうことか、コスモスはバルタン星人を殺してしまう!

最後に手から光線を出して死体に浴びせたんで、「あ、やっぱり生き返らせてやるのか」と思ったら、姿が元に戻っただけで、死んだまんま(笑)。残されたバルタン星人の子供たち(大人は一人しかいなかったらしい)は、大人の亡骸(なきがら)を引き取り、泣きながら箱舟に乗って宇宙に去ってゆくのである。

どうして？

地球に住まわせてやればいいじゃん！　地球征服を企んだのは一人のバルタン星人だけで、子供たちに罪はないのだ。大勢の子供を宇宙の迷子にして、それでいいのかコスモス！

ハヤタだって一度はバルタン星人と歩み寄ろうとした。「君たちが地球の法律を守るのなら」と。しかし、今回の映画では誰もそれを言い出さない。テーマ的には三五年前より後退している！

そりゃあ「二〇億三〇〇〇万人」とか言われたら、「ちょっと待て」と言いたくなるが、今回の映画に登場したバルタン星人の子供は、どう見ても一〇〇人ぐらいである。オーストラリアの隅っこあたりを居住地として提供してやればいいんじゃないのか？

あの姿形が気味悪いというのなら、こういう案はどうだ。

映画の中では、バルタン星人の子供に憑依された少女が、驚異的なスピードで走っていた。バルタン星人が憑依すると、通常の肉体を上回る能力が発揮できるらしい。

じゃあ、身障者や難病に苦しんでいる人に憑依したら？　健常者と同じように歩き回れるのではないのか？

僕だったらこういう結末にする。

「宇宙人と共存できるわけがない。追い払うべきだ」と主張する大人たちに対し、ムサシを筆頭とする子供たちが異議を唱える。宇宙人でも心を通わせ合うことはできると。ムサシたちはインターネットで全世界の子供に呼びかける。「バルタン星人の子供を体の中に住まわせてもいいという人はいませんか」と。その呼びかけに応え、全世界から申し出が殺到。その熱意に折れて、大人たちもついにバルタン星人の移住を認める。

もちろん、宇宙人との共存は並大抵のことではない。これから先、多くのトラブルが発生することだろう。しかし、その困難を乗り越えてゆくのが「真の勇気」であり、宇宙人と共存できる平和な未来社会を目指すのが「夢を大切にすること」ではないだろうか……。

どうしてこういう結末にできなかったんだ？

これが多民族国家アメリカならどうだろう。『エイリアン・ネイション』という映画があったし、『新アウターリミッツ』にも地球に移住した異星人たちの話があった。宇宙人の地球移住という概念は、意外にあっさりと受け入れられるのではないだろうか。日本でそれができないのは、「日本は単一民族国家」という幻想（明らかに間違いなんだけどね）があるからではないか。

結局、「宇宙人と地球人の共存」という夢を信じていないのは、この映画の制作者たち自身ではないのか。

テレビ版の『コスモス』も並行して見たが、僕の失望は深まるばかりだった。

「怪獣を保護する優しいウルトラマン」という設定は良い――スタッフが本気でそのテーマを信じ、追求するのであれば。

「力で勝つだけじゃ何かが足りない」

「本当の敵なんかいない」

だったらどうして、罪もない怪獣を毎回どつき回すのだ？

なぜ温厚なヤマワラワに対してコロナモードになる⁉

決まっている。「ウルトラマンは怪獣と戦わなければならない」とスタッフが信じているからだ。彼らは「怪獣との共存」なんて本気で信じちゃいないのだ。

「愛って何なんだ」

「正義って何なんだ」

番組冒頭でいつもこの問いを発しているくせに、スタッフは決してそれに本気で答えようとしない。いつも出てくるのは口先だけの「愛」と「正義」だ。その姿勢が僕には腹立たしい。それでも最初の一クールぐらいはがまんして見ていたのだが、とうとう「これはダメだ」と見切りをつけ、見るのをやめた。

嫌な時代である。

こうしている今も、「誰かを救えるはずの力」で人々が争っている。民族が異なるから、自分とは異なる宗教や思想を抱いているから……たったそれだけの理由で、互いに憎しみ合い、殺し合っている。

異質な者を許容できなければ、地球はバルタン星のように滅びるというのに。

「正義のためなら、無関係な人間がいくら死んでもよい」

そんな思想は断じて本物の正義ではない。

「地球の平和のためなら、宇宙人の子供がどうなろうと知ったこっちゃない」

そんなのは愛ではない。

かつてバルタン星人を虐殺したウルトラマンは否定されなくてはならない。今の時代、僕たちは新しいウルトラマンを必要としている。力で勝つだけではなく、本気で愛と正義を体現するウルトラマンを。

僕は『コスモス』にそれを期待したかった。バルタン星人を殺し、追い払うのではなく、温かく迎え入れるウルトラマンが見たかったのだ。

僕の心のもやもやは、まだ晴れない。

# 愚か者たちに栄光あれ！

『山本弘のトワイライトTV』あとがき

「冒険者、挑戦者、開拓者……そういった名で呼ばれる者たちはみな愚か者だ！」

『カレイドスター』というアニメを観ていたら、こんな台詞が出てきた。「愚か者」という称号は、言い得て妙だ。賢い人間は冒険なんかしない。失敗を恐れず、無謀なことに挑戦するのは愚か者だ。

「この広い海の向こうに渡ってやろう」と思う奴、「空を飛びたい」と願う奴、「ロケットで月に行きたい」と夢見る奴……彼ら愚か者たちがいなければ、人類はいまだ密林で原始の生活を続けていただろう。

アニメや特撮番組だってそうだ。賢い人間はヒット作に便乗し、「『ガンダム』みたいな番組」「『仮面ライダー』みたいな番組」を作って、堅実にそこそこ儲けることを考える。しかし、そもそも手塚治虫が「三〇分のアニメを毎週テレビで放映する」などという、どう考えても不可能としか思えない無謀なことを実行しなかったら、現在の日本の

ＴＶアニメの興隆はなかったのである。あるいは、ドラマの製作費が一本一五〇万円だった時代に、一本五〇〇万円以上もかけた『ウルトラＱ』が作られなかったら、その後の怪獣ブームも変身ヒーローものの歴史も存在しなかったのである。

海外ドラマだって同じ。『サンダーバード』を作ったジェリー＆シルビア・アンダーソン、『ミステリーゾーン』を作ったロッド・サーリング、『スター・トレック』を作ったジーン・ロッデンベリー……彼らはみな新しいジャンルの開拓者だった。そのジャンルが視聴者に受け入れられるという保証などあるはずがなく、いわば遭難する危険を承知で未知の海に乗り出したのである。

もちろん、無謀な挑戦はたいてい失敗に終わる。手塚治虫もアニメ映画では失敗した。『ガンダム』や『ヤマト』は今でこそメジャーだが、本放送時には人気が出ず、打ち切られた。サーリングやロッデンベリーのその後も、あまりぱっとしたものとは言えない。才能や機会に恵まれず、一度も成功することなく消えていった者は、さらに多い。

愚か者を笑うのはたやすい。しかし、彼らこそ人類の恩人であることを忘れてはいけない。だから僕は、彼らに感謝をこめてエールを送る。

同時に、現代の番組制作者たちに言いたい。「もっと冒険しろ！」と。

これを書いている今、テレビでは新作の『鉄腕アトム』が放映されている。僕は原作を矮小化したこの番組に、怒りさえ覚えている。

番組制作者は『アトム』を「ロボットもの」という狭いジャンルに押しこめている。とんでもない！　確かにアトムはロボットだし、原作にはロボットをテーマにしたエピソードもある。しかし、原作や過去のモノクロ版では、宇宙からの侵略・タイムトラベル・物質電送機・サイボーグ・パラレルワールドなどなど、多種多様なSFアイデアが飛び交っていた。当時としてはとてつもなく想像力にあふれ、斬新な作品だったのだ。ところが新作では、そうした精神を忘れて、飛躍の大きいエピソードは残らずカットされ、安易な「ロボットもの」にされてしまっている。路線としては安心だろうが、これでは想像力の衰退以外の何物でもない。

もっと冒険しろ！　昔の作品を愛する気持ちも分かるが、いつまでも「……みたいな番組」ばかり作らないでくれ。先人たちの業績の上にあぐらをかき、過去の作品のリメイクばかり量産するのは、それこそ手塚治虫や石ノ森章太郎や円谷英二に対して失礼ではないか。

テレビ番組だけではない。小説でも、映画でも、マンガでも、みんなそうだ。僕ら創作者は、多くの先人たちに恩がある。そして、彼らを超えなくてはならない義務がある。

自らが新たな「愚か者」となり、未知への冒険に乗り出すこと――それこそが、素晴らしい作品を創ってくれた先人たちへの恩返しだと、僕は思うのである。

# あばたがかわいい女の子の話

と学会『と学会年鑑GREEN』あとがき

「ああ……俺はナゼ、紙にコマ割って、絵描いて、文字打って、インクで刷って、束ねて、片側止めて、表紙をつけただけのものに、こんなに人生を奪われているのだろう」

これは芳崎せいむ『金魚屋古書店出納帳』（小学館）に出てくるマンガ専門古書店の店長の台詞である。

これを特撮ファンの心理に置き換えると、こうなるだろう。

「ああ……俺はナゼ、ミニチュアをピアノ線で吊るして、着ぐるみ着て、どつき合って、花火を爆発させて、合成しただけのものに、こんなに人生を奪われているのだろう」

いやほんと、自分でもどうしてだろうと思うぐらい、異常な数の特撮映画や特撮番組を見ているのである。最近もケーブルテレビで『レインボーマン』やら『流星人間ゾーン』やら『白獅子仮面』やらを観て、「わはは、こりゃだめだあ」と笑ったり脱力したりしている毎日である。『緯度0大作戦』のコレクターズBOXも買っちゃったよ、こんちくしょう。

マイナーや低予算だからひどいというものでもない。『ウルトラマン』シリーズや『ゴジラ』シリーズのようなメジャー作品にしても、今の目で見ると特撮が稚拙だったり、ストーリーも「おいおい、そりゃないだろう」とツッコミたくなる箇所が多い。

そう思うなら見なきゃいいのに……と思われるかもしれないが、分かっていても見なくてはいられないのが特撮ファンの性（さが）なのだ。

そもそもファンにしてみれば、作品の出来不出来は、好き嫌いにあまり関係しない。完成度が高くても好きになれない作品なんていくらでもあるし、どう見てもダメであることが分かっていても好きでたまらないという場合もある。ダメな部分もひっくるめて好きなのだ。

「あばたもえくぼ」という言葉がある。何かに惚（ほ）れてしまうと欠点すらかわいく見えてしまう、という意味である。

だが、本当にあばたがえくぼに見えるわけがない。見えたとしたら、目がおかしい。

「俺はこの娘が好きだ。確かにこの娘の顔にはあばたがある。でも、そんなところも含めて、俺は愛してるんだ。このあばただって、かわいいじゃないか。俺にとってはこのあばたも、えくぼみたいなものなんだ」――それが正しい意味での「あばたもえくぼ」ということではないのか。

どんな趣味でもそうだろう。バイクにせよ、釣りにせよ、鉄道模型にせよ、古本や切手の収集にせよ、アイドルや声優の追っかけにせよ、興味のない人間から見れば「なんであんなものに夢中になれるの？」と不思議に思えるだろう。古いオーディオ機器やSLやクラシックカーや第二次世界大戦中の飛行機を愛する人も多い。そうした古いマシンは現代の最新マシンよりも性能が劣っているのだが、そんなことファンには関係ない。好き嫌いは主観的なものであって、性能の絶対的な優劣で決まるわけではないからだ。

同様に、古書マニアが古書店を回って古本を集めるのは、古本が現代の本より優れているからではない。僕らが特撮番組を見るのは、優れているからではない。単に好きだからである。

ところが困ったことに、ファンの中にはそう思わない者もいる。「良い」と「好き」の区別がついておらず、自分が好きなものは良いものなのだ、と思いこみたい者が。

もう三〇年近く前になるだろうか、京都大学のキャンパスを歩いていたら、学内で行なわれる『ゴジラ』の上映会のポスターが貼ってあった。そのコピーがあまりにもおかしくて、今でも記憶している。

自衛隊を踏み潰し
核の怒りに炎吐く
人民の英雄ゴジラ！

「人民の英雄ちゃうやろ！　人民踏み潰しとるやんけ！」と、僕は（心の中で）笑ったもんである。この人たちは『ゴジラ』を見るのに、こんな大層な理屈をつけなくちゃいけないのかと。

だいたい、反核を訴えた作品だから良いというのであれば、広島・長崎の悲劇を題材にした映画や、『世界大戦争』『渚にて』のような核戦争ものの映画でもいいではないか。なぜ怪獣ものでなくてはいけないのだ？

『ウルトラ』シリーズにも同じことが言える。特撮ファンはよく、「故郷は地球」や「ノンマルトの使者」や「怪獣使いと少年」といった異色作を挙げ、これがいかに素晴らしい作品であるかを力説したがる。でも、あなたたちが『ウルトラ』を見てるのはそんな理由？　本当にそんなテーマに魅せられたから見ているの？　ゴモラやエレキングやツインテールはどうでもいいの？

違うでしょ？　怪獣が好きだから、特撮が好きだからでしょ？

なぜ素直にそう言えないのか。自分の好きなものが高尚な作品であると、どうしてそんなに思いこもうとするのか。

僕はけっこうずけずけと批判を言う方なので、よく反発を受ける。以前、腹を立てたある作品のファンの人から、「あなたが自分の好きな作品をけなされたらどんな気がしますか？」という反論を受けた。

僕の返答は「どうも思わない」である。特撮番組にせよ、アニメやマンガや小説にせよ、僕は自分の好きな作品が欠点だらけであることを知っている。誰かがその作品の欠点を指摘したなら、それはおそらく、かなりの確率で正しい。僕は「ええ、まったくおっしゃる通りです。あれはおかしいですよね」とか「確かにそういう見方もあるでしょうね」と答えるだろう。

どんなものにでも欠点はある。「俺の好きな作品は素晴らしい。欠点などない」と主張するのは、自分に作品を正しく評価する目がないと表明しているに等しい。そんな人間に愛されるのは、作品にとってむしろ不幸ではないだろうか。

ちなみに僕が今、いちばん好きな特撮番組は『ウルトラマンメビウス』である。毎週、楽しみに見ている。旧『ウルトラ』シリーズとつながっている世界という設定なのだが、これがまた、ツッコミどころがいろいろある番組なのだ。

第一話で地球防衛組織GUYS日本支部の隊員が一人を残して全員死亡し、新メンバーを集めることになるのだが、スカウトされるのが、元サッカー選手、医大生、バイク・レーサー、幼稚園の先生……思わず「何でやねん⁉」とツッコミたくなるが、考えてみれば、過去にもパン屋の店員や看護婦や小学校教師や謎の風来坊（笑）が新隊員になった例があるわけで、これを否定すると過去の『ウルトラ』シリーズまで否定することになってしまうのだ。

何だか制作者側に「どうです、この設定はアリでしょ？」と笑顔で踏絵を迫られてる気分で、「すみません、ごめんなさい、確かにアリですぅ〜」と、全面降伏してしまった次第。とりあえず出てくる怪獣がかっこいいし、戦闘シーンが面白いからＯＫ。全部ＯＫ！

僕にとって『メビウス』は、あばたはあるけどかわいい女の子である。がんばってください、スタッフのみなさん。

# 第五章　人生で大切なことはすべてＳＦで学んだ

# SFはこんなに面白い！

『トンデモ本？　違う、SFだ！』まえがき

今、SFがブームである。

こう書くと「どこが⁉」と各方面からツッコむ声が聞こえてきそうだ。「ホラーやミステリやファンタジーのブームなら聞いたことあるけど、SFがブームだなんて聞いたことないぞ」と。

それでも僕はあえて書く。SFがブームなのだ。

たとえば、神坂一・京極夏彦・篠田節子・瀬名秀明・田中芳樹・西澤保彦・宮部みゆき……こうした現代の人気作家たちが「日本SF作家クラブ」の会員であり、その作品にはSF作品が多く含まれているという事実。最近日本で流行した「ホラー」「ファンタジー」「ライトノベル」「架空戦記」の中には、かなりの率でSF的要素を持つ作品、もしくは純粋なSF作品が含まれているという事実。毎年、たくさんのSF映画が公開され、マンガやアニメにもSF作品が多いという事実——これらを総合して「ブーム」

と呼んでいいと思うのである。

では、これほど氾濫しているにもかかわらず、世間でSFがホラーやミステリほど注目を集めないのはなぜか。

第一に、SFが隣接する他のジャンル（ホラー、ファンタジー、ミステリ、ロボットアニメなど）に溶けこんで、見分けがつかなくなってしまっていること。いわゆる「SFの浸透と拡散」というやつで、SFとしてのアイデンティティがあいまいになっているのだ。

第二に、SF作品が「SF」と大きく謳われることが少ないこと。というのも、SFに対する偏見が依然として存在するからだ。

たとえば二〇〇四年に公開された押井守監督の『イノセンス』。この映画のパンフレットの解説には、「SF」という単語は二回しか出てこない。しかもそのうちのひとつは「一見SFの形式を借りながら、人間が生きる意味、命の有り様を真正面から描き出す」というものだ。「一見SF」じゃなくて、これはSFなんだってば！（笑）

そう、このパンフレットの解説文を書いた奴は、未来社会を舞台にしていて、アンドロイドやサイボーグが出てきても、「人間が生きる意味、命の有り様」を描く作品はSFじゃないと思っているのだ。冗談じゃない。これはまさにSF蔑視と呼ぶべきである。

映画だけではない。明らかにSFなのに、帯にも解説にも「SF」と銘打たれていない小説の、いかに多いことか。瀬名秀明『BRAIN VALLEY』（角川書店）、鈴木光司『ループ』（角川書店）、高畑京一郎『タイム・リープ　あしたはきのう』（メディアワークス／主婦の友社）、梅原克文『ソリトンの悪魔』（朝日ソノラマ）、中井拓志『アリス』（角川ホラー文庫）……。

実は出版界には「ＳＦは売れない」というジンクスがある。実際、一九八〇年代から九〇年代にかけて、日本ＳＦがまったく売れなかった時期がある（「日本ＳＦ冬の時代」と呼ばれている）。僕自身、出版社の人間から「ＳＦは売れないから書くな」と言われたことがある。

その名残（なごり）で、出版社はいまだに自社の本を「ＳＦ」と謳うのを嫌がる。だからＳＦ小説が出版され、読者がその作品を「面白い」と思っても、それがＳＦとしての面白さであることに気がつかない。だからＳＦというジャンルに注目が集まらない。

たとえその本がベストセラーになっても、「ホラー」と銘打たれていたなら、数字の上ではＳＦの売り上げにカウントされない。統計上は依然として「ＳＦは売れない」のである。

だから僕は、この機会に言いたい。

「ＳＦはこんなに面白いんだぞ！」と。

**文学を目指すな！　動機不純！**

ここで注意しておきたい。ＳＦの面白さは、小説としての完成度とは別物だということとだ。本書で紹介している作品を実際に読んで、「こんなもの小説としてぜんぜんダメじゃないか！」などと文句を言われても困るのである。

華麗な文体、登場人物の心理描写、ドラマ性、文学性、現代性——そんなものが読みたけりゃ、普通の小説を読んでくれ。

いや、SFが文学ではないとは言わない。SFの中にも、文学として評価できるものはたくさんある。SFとして面白く、なおかつ文学であれば申し分なかろう。

しかし、SF小説は小説である以前にSFなのである。小説としての完成度がいくら高くても、SFとして面白くなければ、それはダメなSFなのだ。小説としてダメであっても、SFとして面白ければ、それは優れたSFなのだ。

六〇年代後半、欧米のSF界で「ニュー・ウェーブ運動」というものが盛り上がった。乱暴に要約すれば、SFを文学に近づけようというムーブメントだ。いつまでも宇宙人がどうのタイムマシンがどうのなんて、くっだらない小説なんか書いてるんじゃない。宇宙よりも重要なのは人間の内面（内宇宙）だ……という主張で、J・G・バラード、キース・ロバーツ、マイケル・ムアコックらが書いたシュールな作品が、よくSF雑誌に載ったものだ。

しかし結局、ニュー・ウェーブはポシャった。SFの主流になりえなかった。なぜなら、それらは結局のところ、ありきたりの「前衛小説」であって、ちっともSFじゃなかったからだ。文学や前衛小説としては評価されるかもしれないが、SFとしてつまらないのだ。

僕が好きなマンガ、徳光康之『濃爆おたく先生』（講談社）に、こんなシーンがある。主人公のおたく先生・暴尾亜空が、高校のアニメ研究会を覗くと、みんな平凡な日常アニメを作っている。それを「悪魔の思想に毒されている」と憤慨するおたく先生。「バズーカをかまえた美少女のパンチラ」「ミサイル百万発」「変形する校舎」の〝自主アニメ必須三大シーン〟が欠けているというのだ（どうでもいいけど、それって八〇年代前半の自主アニメ……）。

「低俗だよそんなの」と嘲笑う生徒たちに、おたく先生は怒りをぶつける。

「ほう……低俗なのは嫌か。高尚なのがいいのか。
　日常アニメ作って、高尚ですね感性が美しいですね芸術ですねとか言われたいのか。頭がいいだけの人に上品なだけの人々にホメられたいのか。
　愚か者、ホメられるために作品を作るな！　動機不純！
　自分の心の底から突き上がってくる本当に描きたい作品を描けよ作れよ！　それが自主アニメだろうが！」

この「動機不純」というのがかっこいいではないか。そう、自分の心を偽って、えらい人にほめられるような作品を書くなんて間違っている！

ニュー・ウェーブの愚は二度と犯してはならない、と僕は思う。「SF小説」が文学であろうとして、SFとしてのアイデンティティやダイナミズムを見失うのは本末転倒だ。

## SFに正しい定義はない

さんざん「SFとしての面白さ」だの「SFとしてのアイデンティティ」だのと言ってきたが、それはいったい何なのか。いや、そもそも「SF」って何なのか。

実はSFに決まった定義というものはない。本来は「サイエンス・フィクション（科学小説）」の略語だったが、科学性が重視されないSFも多い。R・A・ハインラインは「SFはスペキュレイティヴ・フィクション（思弁的小説）の略なのだ」と提唱し、ニュー・ウェーブが台頭してきた頃はこの言葉がよく使われたが、もちろんそれに同意しないSFファンも少なくない（だいたい「思弁的」という言葉の指す範囲があいまいすぎる）。

だから、SFファンに「SFって何？」と訊ねたら、百人百様の答えが返ってくる。

例として、『SF入門』（早川書房）から、SF作家や翻訳家、評論家のみなさんのSF観を引用しよう。

「謎の宇宙現象、謎の宇宙生命、謎の宇宙船」（石原藤夫）

「物語が言葉の総力戦であるならば、SFとは物語の総力戦である」（宇月原晴明）

「読後、あるいは鑑賞後に世界に対する認識が、がらっと変えられているようなエンタテインメント」（浦浜圭一郎）

「『人間からの解放』について思考する小説」（笠井潔）

「個人理性の産物が個人理性の制御を離れて自走することを意識した文学の一分野」（柴野拓美）

「非日常の物語」（高井信）

「価値観を転倒させ、心・感性に衝撃を与えるもの」（田中文雄）

「異世界へ投影する内面世界」（中原涼）

「人類を含めた知性体全般を、個体単位ばかりでなく社会もしくは種というようなトータルな集団について描くことができる文学のジャンル」（林譲治）

こんなに並ぶと、なんだかよく分からないって？　ごもっとも。これらはあくまでその人にとってのSF観であって、普遍的な定義ではない。「SFとはジャンルではなく、『ものの見方のスタンス』なんだろう」（草上仁）という意見もある。

こんなやけっぱちな定義もある。

「表紙のどこかにSFと入っている本のこと」（図子慧）

「わかりません。肌で選んでます」（東城和実）

「自分がＳＦだと思えばそれがＳＦ」（平谷美樹）
「ぼくがＳＦではないと認めた小説、マンガ、映画、その他のものすべてがＳＦだと思うが、ほんとうは、よくわからない」（横田順彌）
　この他にも「可能性の文学」だとか「センス・オブ・ワンダー」だとか「絵だねえ」とか、いろんな定義、いろんなＳＦ観が存在する。当然、何をＳＦに含めるかという見解も、人によってバラバラだ。
　世界最初のＳＦはシェリーの『フランケンシュタイン』だとブライアン・Ｗ・オールディスは主張するが、ジャック・サドゥールはそれに異議を唱える。そんなこと言ったらルキアノスの『イカロメニッポス』やスウィフトの『ガリバー旅行記』だってＳＦとみなせるじゃん、と言うのだ。日本でも、「『ガンダム』や『スター・ウォーズ』なんてＳＦじゃない」と主張するファンがいる一方で、「『竹取物語』はＳＦだ」とか「宮沢賢治はＳＦだ」というファンもいる（いや、僕もモーパッサンの「オルラ」はＳＦだと思ってるけど……）。

## ＳＦは愛のすべて

　しかし、すべてのＳＦファンにひとつだけ一致している点がある。それは「ＳＦを深く愛している」「ＳＦは素晴らしく面白い」ということだ。

「新たな価値観・イマジネーションで心を震わせてくれる面白いもの」（友野詳）
「この世でもっとも公平なものの見方であり考え方に裏打ちされた物語」（星敬）
「知的なエンターテインメントの究極のスタイル」（野阿梓）
「日常では語るに恥ずかしい普遍的な感情を、仕掛けにかこつけて照れなく語れる文学」（菅浩江）
「ＳＦって『秘密基地』だと思う」（東野司）
「魂のたぎる感覚」（石飛卓美）
「どうしようもなく、めちゃくちゃで、でたらめで、破天荒で、コートームケーで、なによりかっこいい小説」（田中啓文）
「私の愛の全て」（小谷真理）

どの定義が正しいとか間違っているとか議論するのは無意味だ。それどころか、「これが正しいＳＦの定義だ」というのを決めてしまったら、ＳＦの可能性を狭めてしまうことになりかねない。ＳＦファンがそれぞれ「これがＳＦだ」というイメージを抱いていれば、それでいいと思うのだ。「自分がＳＦだと思えばそれがＳＦ」というのは、いちばん正しい定義かもしれない。

だから、ここで僕が提唱する定義を認めていただかなくても、いっこうにかまわない。

ただ、本書は以下の定義に基づいて構成されていることをご了解いただきたい。

## ＳＦの本質は「バカ」である

ここで言う「バカ」とは、「頭が悪い」という意味ではない。『空手バカ一代』のように、良識ある人から「なにをバカなことを」と嘲笑されながらも、自らの信念を貫き通す生き方のことだ。

私見だが、ＳＦ作家の偉大さは「バカ度」で決まると思っている。世間の目を気にしてか、あるいは自己満足か、地味で飛躍のないブンガク的作品しか書かない作家は、普通の作家としてならともかく、ＳＦ作家としての適性には欠けている。異星人の侵略、パラレルワールド、タイムトラベル、日本沈没……「そんなバカなことがあってたまるか！」と一笑に付されるような荒唐無稽な設定を、バカにすることなく、信念を持って、真剣に書き上げるのが、本物のＳＦ作家なのだ。

こう言い換えてもいい。

「ＳＦとは筋の通ったバカ話である」

この「筋の通った」という部分が重要である。筋が通らないバカ話は、単なるバカ話だ。筋を通すかどうかでＳＦかどうかが決まる。そして、とてつもなくバカな話に筋を通すことは、頭が悪い人間には決してできない。

ここでまた『濃爆おたく先生』から引用させていただこう。「アニメに真のＳＦはない」「『ガンダム』はＳＦではない」と主張するＳＦマニアの千巣負湾打を、おたく先生がやりこめる台詞だ。

「極論すればＳＦとはワンダーであり、ワンダーとはおもしろいデタラメだ！　その『1』のデタラメをデタラメでなくワンダーと感じさせるための『99』のＳＦ考証が確かに必要だッ！　だがッ、その逆では決してない！」

これほど明解なＳＦ観を、僕は読んだことがない。

先にＳＦはホラーやファンタジーに溶けこんでしまっていると書いた。それらの境界は、赤とオレンジ、オレンジと黄色の境界と同様、はっきりと「ここからここまで」と定義できるものではない。しかしそれでも、赤とオレンジと黄色が別の色であるように、ＳＦとホラーとファンタジーは別のものなのである。

その違いは、筋を通すかどうかにある。

「幽霊が現われたら、悲鳴をあげて逃げるのがホラー、幽霊とお友達になるのがファンタジー、幽霊を捕まえて研究するのがＳＦ」

僕はこんな定義も提唱している。ホラーやファンタジーでは、設定が論理的である必要はない。しかし、ＳＦに幽霊を出すなら、幽霊なるものがどういう原理で存在するのか、どういう性質を持つのか、幽霊が存在することによってどのような問題が発生するのか、そういったことを設定しなくてはならない。「デタラメをデタラメでなくワンダーと感じさせるための」仕掛けが必要なのだ。

反対に、異星人が登場しても、その生態や行動原理がきちんと設定されていなければ、それはSFではない。暗闇から現われたグロテスクな異星人が理由もなしに人間を襲う話はホラーだ。魔法を使う愛らしい異星人とお友達になる話はファンタジーなのだ。

本書では、こうした定義に沿ってSF作品を紹介している。

## なぜこんな作品を選んだのか

本書の目次を見て、年季の入ったSFファンの方は首をかしげるかもしれない。「ひどく偏ったラインナップだなあ。どうしてアシモフやハインラインやクラークやブラッドベリやディックやレムの作品が入ってないの？」

お答えしよう。第一に、すでに評価の固まった作家や作品について語りたくなかった。僕が今さらハインラインの『夏への扉』やクラークの『幼年期の終り』やブラッドベリの『火星年代記』やキイスの『アルジャーノンに花束を』やレムの『ソラリスの陽のもとに』を紹介したって、それは過去に誰かが書いた文章の繰り返しにしかならず、面白くならない。小松左京、筒井康隆、光瀬龍、眉村卓ら、ベテラン日本作家の方々をはずしたのも、同じ理由による。いわゆる「名作SF」ではなく、まだ陽の当たっていない作品を中心にプッシュしたかったのだ。

第二に、僕は自分が本当に面白いと思った作品、本当に好きな作家しか紹介したくなかった。僕はアシモフはSF作家としては二流だと思っている（科学エッセイストとしては超一流なのだが）。ディックは高く評価されすぎていると思っている（すごいSF作家は他にも大勢いるのに！）。ハインラインもクラークもブラッドベリも嫌いではないが、さほど強い思い入れがあるわけではない。ディックやレムについて平凡な感想を述べるぐらいなら、C・L・ムーアやマレイ・ラインスターについて熱く語りたい。

第三に、本書は先に掲げたコンセプト――「SFの本質は『バカ』である」に基づいて構成されている。だから紹介する作品は（一部を除いて）「バカ度」の高さを基準にセレクトした。僕に言わせると、『火星年代記』も『ソラリスの陽のもとに』もバカ度が足りない。

砲弾で人間を月に送る。プロペラ機で火星へ飛行する。世界は昔、平らだった。この世界は誰かの見ている夢である。惑星を蒸気機関で移動させる。自転車は生物である。時間が衝突する。人間の一〇〇万倍のスピードで生きる生物。ハングライダーで侵略してくるゾウ。マンハッタン島をまるごと略奪する巨大宇宙船。女子高生の発明が世界を変える……こうしたバカな発想をバカにすることなく、大真面目に語るのがSFの魅力だと思うのだ。

最後にもうひとつだけ。

本書は、今の日本にはびこっているＳＦに対する偏見を正すとともに、初心者に向けてＳＦの魅力を伝えることに全力を注いでいる。そのため、初心者にはさしあたって興味がないと思われる専門知識や用語の講義――ＳＦの歴史、ＳＦ界の現状、代表的な作家や作品、ファンダム、サイバーパンク、スチームパンクなどなど――については、すっぱりと切り捨てた。そうしたことを知りたい方は、巻末に掲げた参考資料をお読みいただきたい。

もう一度言う。ＳＦは面白い！　それをみなさんに伝えることができれば、僕は本望である。

前置きはここまで。心の準備はできましたか？

では、壮絶にバカバカしくてかっこよくてワンダーにあふれたＳＦの世界へ……

ＧＯ！

# クラシックだから面白い

山本弘編『火星ノンストップ』まえがき

クラシックカーを嫌うカーマニア、複葉機を嫌う飛行機マニアはいまい。マニアだからこそ、最新のマシンを愛する一方で、古き良き時代のマシンにも理解を示すはずだ。無論、それらは現代のものよりずっと性能は劣っていたが、まぎれもなく当時の最新技術の結晶だったのだ。クラシックカーや複葉機や帆船やＳＬを愛する心を、「ノスタルジー」のひと言で片づけてはいけない。性能の良し悪しだけで価値を決めてはいけない。そこには現代の車や飛行機とは異なる機能美があるのだ。クラシックカーを評価するなら、現代の車との比較ではなく、クラシックカーとしての価値を論じなくてはならない。

ＳＦにも同じことが言える。

本書で紹介する作品は、いずれも今から四〇年以上前、一九三〇年代から六〇年代初頭に書かれたＳＦであり、現実の科学の進歩と合わなくなっている部分が多い。火星には呼吸できる大気がある。木星には大地があり、生物がいる。未来の機械には真空管がついている。パソコンもインターネットも出てこない。

小説の内容も、現代の小説を読みなれた目には古臭く感じられることだろう。キャラクター描写は深みに欠けるし、プロットも時代がかっていて御都合主義である場合が多い。何よりもそこには、現代的なテーマが欠けている……。

だが、ここには現代のＳＦが忘れてしまったものが息づいている。

このアンソロジーに収録した作品は、一九六〇～七〇年代に雑誌『ＳＦマガジン』（早川書房）に掲載されたものから選出し、新たに改訳したものである。

僕がこれらの作品を初めて読んだのは、一〇代後半の頃――一九七〇年代だった。その多くは、当時すでにクラシックになっていた。「火星ノンストップ」「時の脇道」「シャンブロウ」は約四〇年も前の作品だった。「わが名はジョー」の木星や、「焦熱面横断」の水星にしても、書かれた頃は科学的に正しいと思われていたのだろうが、七〇年代を生きていた僕は、それがすでに否定されていることを知っていた。

しかし、作品の古さなどいっこうに気にならなかった。最新の天文学知識とは一致していなくても、「わが名はジョー」の素晴らしい木星の描写が色褪せることはなかった。火星人や金星人なんているはずがないと知っていても、「シャンブロウ」は魅力的だった。「火星ノンストップ」を読んだ時には「こんなことやっていいんだ⁉」とひっくり返って喜び、「時の脇道」では「この時代にこんな発想があったのか⁉」と驚いた。たとえば現代の作家が「火星ノンストップ」を書けるだろうか。アイデア自体は思いついても、書くのをためらうのではないか。科学的に問題が多すぎるし、それに何より、こんなばかげた話を真剣に書くのは恥ずかしい……。

だが、自分で自分の発想を縛るのは、SF作家として、いや創作者として、やってはいけないことではないか？　どんなにばかばかしい発想であろうと、それを真剣に語るのがSFというものではないのか？　ありえないことをありえるように見せるトリックこそ、センス・オブ・ワンダーではないのか？

「火星ノンストップ」にせよ、「時の脇道」「わが名はジョー」「焦熱面横断」「ラムダ・1」にせよ、その発想は実にプリミティヴであり、ストレートだ。現代の作家ならもっと技巧を凝らすだろう。プロットをひねり、キャラクターの過去を詳しく設定し、細部を描きこみ……だが、そうした枝葉をつけ加えれば加えるほど、失われてしまうものがある。

これらの物語はストレートであるだけに力強い。SLの力強さが胸を打つように、作品の持つ若く原初的なパワーが胸を打つ。

C・L・ムーアのデビュー作である「シャンブロウ」にしても、話自体にはひねりもテーマ性もないが、完成度の高い後期の作品には見られない強烈なバイタリティがほとばしっている。それはまさに〝若気の至り〟と言うべきもので、作者自身も年取ってから読み返してみて恥ずかしかったに違いないと思う。ヴァン・ヴォクトの「野獣の地下牢」も同様。このハチャメチャさは欠点ではなく、むしろハチャメチャだからこそ面白い。

言ってみれば、ここに載せた作品はすべて、SF界全体がまだ若かった頃の〝若気の至り〟である。「今でこそ賢そうなこと言ってますけど、昔はこんなの書いてたんです。すんません」と、同業者としては苦笑し、頭をかきたくなる。

だが、これらは断じて無価値ではない。〝若気の至り〟だからこそ熱いパワーにあふれている。

僕と同じく年季の入ったSFファンなら、おそらくここに収録した作品の大半はすでにお読みのことと思う。「なぜ今さらこんなのを？」と疑問に思われるかもしれない。その答えは、この本の対象読者は古いSFファンではなく、SFを読みはじめたばかりの若い読者だからだ。

若い頃の僕が覚えた感動を、現代の若い読者とも分かち合いたい。「こんな面白い作品があったんだ」ということを伝えたい。そう願ってこのアンソロジーを編んだ。

繰り返すが、これをノスタルジーと思わないでほしい。昔の作品を「古い」という理由だけでバカにしないでほしい。ここにはあなたにとって新しい発見があるはずである。

そしてこれも心に留めておいてほしい。ここに発掘した作品群は、SFの深く豊かな地層の、ほんの一画にすぎないということを。まだまだあなたの知らない傑作がたくさん眠っているのだということを。

# 萌えて燃えるハードＳＦ

野尻抱介『ベクフットの虜』解説

「早川書房編集部から依頼を受けて、野尻抱介作品、特にこの〈クレギオン〉シリーズの魅力について語ることになった」

「この前出た『トンデモ本？　違う、ＳＦだ！』（洋泉社）の中で、『ふわふわの泉』（ファミ通文庫）や〈ロケットガール〉シリーズ（富士見ファンタジア文庫）をずいぶん持ち上げましたからね」

「野尻氏の作品は僕のツボを突いてくるものが多いからな。機会があればいくらでも褒めさせていただくぞ」

「野尻作品の魅力というと、ハードＳＦということになりますが……」

「最近、どうもハードＳＦという言葉が濫用される傾向があって困るな。どう見てもハードじゃない作品でも『ハードＳＦ』と呼んでしまう人がいる。宇宙船や宇宙生物が出てきたり、科学用語が使われているというだけじゃ、ハードとは言えないんだが」

「じゃあ、ハードSFって何なんです？」

「科学性にこだわるSF、とでも言うかな。登場する未来ガジェットや未知の現象に、科学的根拠が設定されている作品のことだ。

たとえば宇宙船を描写する際、推進システムはこういう原理で、これこれの加速度を得ることによって、何時間後にこれだけ移動する……といった計算をしたうえで書くのがハードSFだ。そんな細かいことなんか考えなくたって『俺たちは三日後に惑星○○の軌道上に到着した』と書けばいいじゃん……というのが非ハードSFだな」

「ハードSFというのは几帳面なんですね」

「注意しなくてはいけないのは、ハードであること自体に、あまり価値はないということだ。どんなに科学的に正確であっても、つまらないものはつまらない」

「ミもフタもないですね（笑）」

「最新の科学トピックスや、自分の考えた科学的設定を披露してみせて、それでおしまい……という作品がちょくちょくある。心に響くものがないんだな。僕はそういうのを〝ダメ・ハード〟と呼んでるんだが」

「じゃあ、ダメじゃないハードSFってどんなのですか？」

「私見だが、あくまで科学を基盤にしつつ、どれぐらい非日常的でエキサイティングなイメージをつむぎ出せるかにあると思う」

「〈クレギオン〉の場合は？」

「どの作品についても言えることだが、イメージが素晴らしいな。この『ベクフットの虜』にしても、冒頭、硫黄の噴煙の中をコンテナにつかまって超音速で突っ切る場面や、中盤に登場する惑星を取り囲む鏡面なんて、頭の中に鮮烈にイメージが浮かぶじゃないか」

「でも、非日常的なイメージというなら、ファンタジーやホラーでも……」

「いやいや、『科学を基盤にして』という部分が重要なんだ。ファンタジーやホラーの場合、作品世界内の現象は、この世界の法則ではなく、作者の定めたルールに従って起きる。それに対して、ハードSFにおけるルールは、この世界を支配する物理法則そのものだ。ファンタジーやホラーは内宇宙的フィクション、ハードSFは外宇宙的フィクションと言えるかもしれない。

もちろん、ハードSF作家に創造力がないという意味ではないよ。『こんな惑星があったとしたら』とか『こんな物質が発見されたとしたら』といった発想から、科学に忠実にイメージをふくらませて作品を構築するのは、まさに創造力だからな。

たとえばシリーズ第四作『サリバン家のお引越し』を読んでみるといい。スペースコロニーを舞台にした作品はたくさんあるが、たいていの場合、単にオニールが提示した構想をそのまま流用しているだけだ。ところが野尻氏は、コロニーの構造に踏みこみ、コロニー内でこんな事故が起きたらこういう事態になって……というシミュレートをやってみせる。これこそまさに創造力というものであり、ハードSFの魅力なんだよ」

「でも、評論家の中にもハードSFを理解しない人っていますよね。科学的な部分の面白さを無視して、テーマとかキャラクターについてだけ論じる人」

「うむ、嘆かわしいな。文科系の人間には、文学性は科学性より勝るという、誤った固定観念があるのかもしれん。どっちが偉いかとか、どっちを優先的に評価すべきかなんて、言えないんだがなあ」

「でも、一部のハードSFが、そうした科学嫌いの読者に対する気配りを怠ってきたのも事実では？」

「さっき言った〝ダメ・ハード〟だな」

「〝ダメ・ハード〟に欠けているものって、いったい何でしょう？」

「それはズバリ、〝萌え〟と〝燃え〟だ」

「も、萌えっすか⁉（笑）」

「萌え萌えの女の子と、燃える展開、これがなくてはいかんと思う」

「文学性とかじゃなく、萌え？」

「ハードSFが目指すのは純文学じゃなかろう？　エンターテインメントとして、読者をいかに惹きつけるかという戦略を考えるなら、萌えと燃えは欠かせない」

「でもそれ、ハードSFの本質と関係ないですよ（笑）」

「だから関係させればいいの！　何の必然性もなく女の子だけ出してもダメなんだよ。ハードな設定そのものに女の子を深く関わらせる。かくして〝ハード萌えSF〟というものが誕生する」

「なるほど、〈ロケットガール〉はまさにそれですね。主人公が体重の軽い女の子であることに科学的に意味がある……」

「『ふわふわの泉』の浅倉泉も、ずぼらな性格だけど頭脳明晰で、白衣を着て男言葉で喋るメガネっ娘という、理系人間にとっては萌え萌えなキャラクターで、まことに良いな。メガネっ娘とか天才少女という設定のキャラクターは世の中にわんさかいるが、本当に頭の良さを感じさせてくれる女の子というのは希有な存在だ。いくら設定上で〝天才〟であっても、それを描写できる知識が作者になければ、上っ面だけの記号で終わってしまうからな」

「〈クレギオン〉のメイは？」

「やっぱり頭が良くて、健気なところが良いな。まだ半人前なので、たまにドジもやるが、そこがまた愛嬌だ」

「ライトノベルではありふれたキャラのような気もしますが……」

「そんなことはない！　アニメやライトノベルの世界では、ものすごい戦闘能力を持ってるけど頭の悪い女の子や、情けない主人公にベタ惚れの主体性のない女の子が、やたらに目につく。メイのように、人よりちょっとだけ優れた才能で、精いっぱいがんばってる女の子なんて、貴重なんだよ」

「なるほど」

「特に今回は、無意味に露出度が高いのが嬉しいぞ（笑）。両親と思いがけない形で再会するシーンなんて、もうおかしくって最高！」

「結局、そこかい（笑）」

「あと、燃える展開な。科学というのは決して冷たいものじゃない。科学に忠実でありつつ、魂をたぎらせる物語でなくてはいかんと思うのだ。アーサー・C・クラークの『大渦巻II』という短編（短編集『太陽からの風』に収録）を知ってるか？　月面上でリニアカタパルトの事故に遭遇した宇宙飛行士のサバイバルを描いた作品だが、あのクライマックスはまさに燃える！　結末も素晴らしいな。萌え要素こそないものの、あれこそまさに理想的なハードSFと言える」

「そう言えば、野尻氏も『大渦巻II』が好きなんでしょうね。〈ロケットガール〉シリーズや、この『ベクフットの虜』でも、『大渦巻II』に触発されたと思われるシーンが出てきますし」

「他にも〈クレギオン〉には燃えるシーンがいろいろあるぞ。『タリファの子守唄』での、ローター気流の中でのチェイスなんて、まさに手に汗握るな」

「横倒しの円筒形の気流なんて、ほんとにあるんですか？」

「オーストラリアのある地域で、長い円筒形の雲が転がりながら移動するのが見られるそうだ。前にテレビで見たことがある。タリファのシャフトは、地球のそれより規模がはるかに大きいわけだが」

「なるほど、現実の科学を基盤として、非日常的なイメージをふくらませ、燃える展開に持っていく……というのは、そういうことなんですね。でも、その割に〈クレギオン〉って全体的にやや地味な印象がありません？」

「まあ、ロイドたちは別に人類の命運を背負っていたり、巨大な悪の帝国と戦ってたりするわけじゃないからなあ（笑）」

「基本的に運送屋さんですもんね」

「我々から見れば非日常だが、彼らにとっては日常の連続だ。そのへんが地味な印象を与える理由かもしれんが、僕としてはむしろ、〝未来の日常〟の生活感、等身大のアットホームな描写がたまらないな。別にＳＦの主人公だからって、人類の危機を救わなきゃいけないと決まってるわけではないだろう」

「決してヒーローではない三人組が、日常の仕事の中で、彼らにとっての大事件にしばしば遭遇するわけですね」

「そのへんの地に足のついた描写が、このシリーズの魅力だろう。もともと富士見ファンタジア文庫というレーベルで出版されたシリーズだが、ヤングアダルト向けだからと言って、色眼鏡で見てほしくないな。目の肥えた大人のファンにも充分に楽しめる作品だ」

## 宇宙はくりまんじゅうで滅びるか?

『ぼく、ドラえもん。』16号

旧ソ連のSF作家アレキサンドル・ベリヤーエフが一九二八年に発表した『永久パン』という小説があります。生化学者ブロイエル博士が発明した「永久パン」は、微生物のはたらきで、空気を吸って増え続けるという食べ物。栄養たっぷりなうえ、一日で二倍に増えるので、一日に半分ずつ食べればいつまでもなくならない。食糧問題を解決する画期的な発明だったはずが、食べきれなかった永久パンが増えすぎて、海や川をおいつくすほどになり、世界は大騒ぎに……というお話。

無限に増え続けるパンというのは不気味なイメージです。僕は子供の頃、この話を読んで、「本当にこんなものが発明されたらどうしよう」と、こわくなったものです。もしかしたら、藤子先生も『永久パン』をヒントに「バイバイン」の話を思いついたのかもしれません。バイバインはふりかけたものが五分ごとに二倍に増える薬[*1]。のび太はそれでくりまんじゅうを増やすのですが、食べきれずに捨てたくりまんじゅうが増え続けます。しかたなくドラえもんは、くりまんじゅうをロケットで宇宙のかなたに送ってしまうのです。

この結末が心にひっかかっている人は多いはずです。宇宙に送られたくりまんじゅうは、その後、いったいどうなったのでしょう？

近くのスーパーで買ってきたくりまんじゅうをモデルに考えてみることにします。測ってみると、このくりまんじゅうの体積は約六五立方センチ、重さは四三グラムでした。五分間に一回分裂するのですから、ドラえもんの言う通り、くりまんじゅうは一時間で四〇九六個になります。総重量は一八〇キロ。

二時間でくりまんじゅうは一六七七万七二一六個、重量は七二〇トンになります。三時間で六八七億個、重量は三〇〇万トン。これだけのくりまんじゅうをすきまなくぎっしり詰めてボール状にすると、ボールの半径は約一〇〇メートルになります。

七時間で、くりまんじゅうボールの半径は六七〇〇キロになります。地球の半径は六三七八キロです。ドラえもんは「それこそ一日で地球がくりまんじゅうの底にうまってしまう」と言っていますが、実際は七時間で地球よりも体積が大きくなるのです！

このペースだと、八時間四五分でボールは太陽よりも大きくなり、一八時間三〇分で半径五万光年、銀河系と同じ大きさになります。二三時間で半径は一三〇億光年になります。

現在の宇宙論では、宇宙の半径は一〇〇億～一三〇億光年ぐらいと言われています。なんと、一日もたたないうちに、くりまんじゅうは宇宙を埋めつくしてしまう⁉

しかし、これは重力や光速度の限界を無視した計算です。[*2] 特に重力は「くりまんじゅう問題」を考える際の重要な要素です。小さなくりまんじゅうにも重力があり、あなたをひっぱっているのですが、弱すぎて感じないだけです。地球に匹敵する大きさになれば、その重力の影響は無視できなくなります。

くりまんじゅうがまったく縮まないものとして計算すると、一一時間五分目で地球の七八兆倍もの重さになり、その強い重力によって半径七億キロのブラックホールになってしまいます。実際には、くりまんじゅうは重力で押しつぶされて密度が高くなるので、もっと早くブラックホールになるでしょう。

星がブラックホールになる際には、その表面の時間は遅くなり、ついには停止してしまうと言われています。時間が止まれば、くりまんじゅうの分裂もストップするでしょう。宇宙が「くりまんじゅうブラックホール」で滅びることはなさそうです。

しかし、実はくりまんじゅうはブラックホールにはならないのではないかと思われます。

考えてみてください。のび太たちが食べたくりまんじゅうはどうなったのでしょう？

おなかに入ったあとも分裂を続けていたなら、たちまちのび太の胃袋は破裂してしまったはずです。

五分やそこらでは消化されている時間はありません。考えられるのは、歯でかみくだいてしまえばバイバインの効果はなくなるということです。おそらく歯以外の方法でつぶしても同じでしょう。

だとすれば、ドラえもんは何もロケットでくりまんじゅうを宇宙に捨てる必要などどなかったのです。足で踏みつけてぐちゃぐちゃにしてしまえば、それ以上、分裂しなくなったはずです。タイムふろしきで元の一個に戻すという手もあったでしょう。おそらく、ゴミバケツからあふれ出した大量のくりまんじゅうを目にしてあわててしまい、思いつかなかったのでしょう。[*3]

これらのことを考えに入れて、宇宙に捨てられたくりまんじゅうがどんな運命をたどるのかをシミュレートしてみましょう。

隣り合っているくりまんじゅうは、分裂する際に押しのけ合います。そのため、最初のうち、くりまんじゅうは宇宙にばらばらに飛び散ってゆくと思われます。押しのけ合うスピードがどれぐらいかは分かりませんが、どんなに速くてもせいぜい秒速数メートルといったところでしょう。

くりまんじゅうが何億の何兆倍という数になってくると、その重力が無視できなくなってきます。飛び散っていたくりまんじゅうは、しだいに引き戻され、くっつき合い、ひとつの惑星になるでしょう。「くりまんじゅう星」の誕生です。

その星の表面は、地平線まで見渡すかぎり一面のくりまんじゅうです。掘り返してみると、くりまんじゅうが形を保っているのは表面近くだけで、深く埋もれたくりまんじゅうはぎゅうぎゅう詰めで、完全につぶれているはずです。ということは、分裂できるのは表面近くのくりまんじゅうだけということになります。仮に五分ごとに一メートルずつ厚くなるとしても、一日で二八八メートル、一年で一〇〇キロほどしか厚くなりません。このペースなら、ひとまず安心です。

くりまんじゅう星が成長するにつれ、表面の重力も大きくなります。星の質量が地球の何十倍にもなれば、くりまんじゅうはみんな重力でつぶれてしまい、分裂は止まるでしょう。当然、ブラックホールにもなりませんし、宇宙が滅びることもありません。

しかし、くりまんじゅう星の成長が止まるまでには、何千年、何万年もかかるでしょう。ドラえもんが打ち上げたくりまんじゅうは、今も宇宙のどこかでゆっくりと増え続けているはずです。

＊1　これは現代物理学の基本である「質量保存則」を破っているのですが、二二世紀の科学がどんなものか分からないので、とりあえず原理を考えるのはやめておきます。
＊2　相対性理論によれば、物体を普通に加速しただけでは光の速度を超えられません。

＊3　ドラえもんが非常時に動転して道具の正しい使い方を思いつかないのは、よくあることです。『のび太の海底鬼岩城』では、とりよせバッグとどこでもドアの使い方を思いつかなかったために、ジャイアンとスネ夫を死なせてしまうところでした。

## 単行本のための追記

小学館の『ドラえもん』専門誌からの依頼で執筆した原稿。テーマは編集部から指定されたものである。

依頼があったのは、柳田理科雄氏を批判した『こんなにヘンだぞ！「空想科学読本」』（太田出版）を出版した二年後。『ドラえもん』はSFマインドがあふれていて好きな作品だったし、柳田氏ではなくわざわざ僕に「バイバイン」の考察を依頼してきたことは、原作を笑いものにするのではなく正確に考証したいという小学館編集部の誠意が感じられ、喜んで引き受けた。

その際、僕は柳田氏の轍を踏まないよう、三つの条件を自分自身に課した。

- 作品中の描写を尊重する。
- 笑いを取る目的で間違ったことを書かない。
- 原典への愛を忘れない。

その結果、『空想科学読本』に似ているがスタンスの異なる原稿になったと自負しているのだが、どうだろうか。

唯一の心残りは、文字数の制限で、『ケロロ軍曹』(角川書店)の中で冬樹がやっている考察が間違いであると指摘できなかったことだが……まあ、出版社違うしね。

# ケイロン人社会と「囚人のジレンマ」問題

J・P・ホーガン『断絶への航海』解説

二〇四〇年、アルファ・ケンタウリ系に到達した無人探査船〈クワン・イン〉は、居住に適した地球型惑星ケイロンを発見。ただちにロボットたちによって植民地の建設が進められると同時に、コンピュータに記録されていた人類の遺伝情報を元に、一万人の子供たちが人工的に生み出される。ロボットによって養育された彼らは、地球の古い常識や因習にとらわれることなく、独自の社会を築き上げてゆく。

四〇年後、地球から植民船〈メイフラワー二世〉で到着した人々が目にしたのは、一〇万人以上に増えたケイロン人たちと、地球とはまったく異なる形態に進歩したユニークな理想社会だった……。

ジェイムズ・P・ホーガンが一九八二年に発表した本作は、一種のファースト・コンタクトものと言えよう。ケイロン人は地球人の子孫ではあるが、その社会や文化や思考方法は「異星人」と呼んでいいほど異質である。〈メイフラワー二世〉に乗ってやって来た地球の古い文化は、この接触によってあっけなく崩壊してゆく。

SFには未来社会や異星人社会がしばしば登場するが、それらの多くは、現代の地球のそれの延長か、過去の社会体制（ローマ帝国や中世ヨーロッパなど）の焼き直しにすぎない。しかしホーガンは、地球上にまったく例のない独創的な社会体制を創造するという難問に挑戦し、見事にクリヤーしてみせた。

この作品はSFとして、また娯楽小説として一級である。読者は、前半は〈メイフラワー二世〉の人々の視点から読み進みながら、少しずつ明らかになってゆくケイロン人社会の秘密に驚嘆し、当惑するだろう。しだいに深まってゆく地球人とケイロン人の軋轢。渦巻く陰謀。クライマックスの戦闘シーンはスリリングで、ラストにはさわやかなカタルシスが待ち受ける。

ハードSF派なら、動くスペースコロニーとも言うべき巨大宇宙船〈メイフラワー二世〉の緻密な描写もさることながら、24章で語られるトゥイードル理論のもっともらしさに惹かれるだろう。まったく架空であるにもかかわらず、見事に筋が通っているのだ。これがストーリーにほとんど関係がないというのが、なんとももったいない。

さて、ここから先はネタバレを含むので、できれば作品を読み終えたうえで目を通していただきたい。

この小説を読まれた方は誰でも、「こんな社会が本当に実現するのだろうか？」という疑問を抱かれるだろう。しかし、それは無意味な問いだ。

これはSFであり、SFとは架空の状況をシミュレートするものなのだ。タイムトラベルSFを批判するのに「タイムマシンなんて不可能だ」と言い出す人間はいないだろう。設定やストーリーに矛盾がある場合には批判の対象となるだろうが、タイムマシンそのものを否定するのは見当ちがいである。

ホーガンはケイロン人社会が現実に可能だとは主張していない。彼が想定しているのは、地球人の遺伝子を受け継いではいるが、遠く離れた惑星上で、地球の因習と隔絶した環境下で育った人々である。現実にそんな環境で子供を育てることが不可能である以上、ケイロン人社会が実現可能とも不可能とも証明できない。

ケイロン人社会の基盤が地球と決定的に異なるのは、次の二点である。

第一に、ケイロンには人口に比べて資源や土地が豊富にあるうえ、単純な肉体労働はロボットが行なう。無尽蔵の資源と安価な労働力があるため、食糧も消費材も無料で供給される。金は無用の長物であり、土地や財産に対する執着も生まれない。彼らのステイタスは、ロボットが供給してはくれないもの――人間としての能力に求められる。ケイロン人はおのれの才能を磨くことに競争心を燃やすのだ。

第二に、ケイロン人はロボットによって育てられる。これが実は重要である。人間の両親から宗教思想や有害な偏見、固定観念を吹きこまれていないだけでなく、10章の少女とロボットの会話でも分かるように、幼い頃から「自分の頭で考えること」の重要性を叩きこまれているのだ。13章で、地球から来た牧師の説教を、子供たちが単純な論理で一蹴するあたりは、実に痛快である。牧師の主張は幼稚な詭弁にすぎないが、地球ではこれに騙される大人がいかに多いことか！

ケイロン人のユートピアを支えているのは、「愛」や「理想」などではなく（そんなものが無力なのは地球上で証明済みである）、彼らの論理なのである。彼らは「囚人のジレンマ」問題の有効な戦略を選択しているのだ。

あなたは犯罪者で、逮捕されて独房に勾留され、裁判を待つばかりである。あなたには共犯者がいて、別の独房に勾留されているが、話し合う手段はない。そこに検事が現われ、こんな取り引きを持ちかけてくる。「このままお前たちがだんまりを決めこむなら、二人とも懲役二年は確実だ。しかし、お前が相棒の罪をあばく証言をしてくれるなら、お前は無罪放免にしてやろう。その代わり、相棒は五年はム所に食らいこむことになるがな」。しかし検事は、同じ取り引きをあなたの相棒にも持ちかけているという。もし二人が互いに相手の罪をあばき合えば、無罪放免どころか、罪はいっそう重くなり、二人とも懲役四年は確実だろう。

あなたには相棒が検事の取り引きに乗るかどうかは分からない。無罪になることに賭けて、相棒を裏切るべきだろうか？　しかし、相棒も同じことを考えたなら、二人とも懲役四年になる。では、相棒が裏切らないことに賭けて、口をつぐむべきだろうか？ その場合、もし相棒が裏切ったなら、あなたは懲役五年になる……。

これが「囚人のジレンマ」と呼ばれる問題である。

選択の機会が一回しかない場合、この問題には最適解がない。「相棒は俺と同じことを考えるはずだ」と考えて、協調を選択する（口をつぐむ）のは、一見すると正しいように思えるが、相棒も「相棒（あなた）は俺と同じことを考えるはずだ」と考えたなら、彼はあなたが裏切らないと信じて裏切ってくるかもしれない。同様に、裏切りを選択するのも正しいとは言えない。相棒もあなたと同じことを考えたなら、二人とも懲役期間が倍になってしまうのだから。

しかし現実世界では、選択の機会は何度も訪れる。人と人、組織と組織、国家と国家の関係は、一度きりではない。先の犯罪者の例にしても、出所してから相棒と再会する場合を考えると、決断はおのずと違ってくるはずだ。

一九七九年、ミシガン大学アンアーバー校のロバート・アクセルロッドは、「利己主義者の世界で協調は発生するか？」をテーマにしたコンピュータ・トーナメントを実施した。「囚人のジレンマ」を模したゲームを想定し、どのような戦略が最適か、多くのゲーム理論家からプログラムを募ったのである。

ゲームのルールは単純。すべてのプログラムは他のすべてのプログラム、および自分自身と各二〇〇回ずつ対戦を行なう。プログラムはC（協調）かD（裏切り）を選択する。

両者ともCを選択すれば、どちらも三点を得る。どちらか一方がDを選択したなら、Dの側が五点、相手は〇点である。両者ともDを選択したなら、どちらも一点しか得られない。

驚くべきことに、ゲームに参加した一五のプログラムのうち、最高得点を得たのは、たった四行しかない「しっぺ返し（Tit for Tat）」と呼ばれるプログラムだった。その戦略は次の通り。

「最初の出会いでは協調する。二回目以降の出会いでは前回の相手をまねる」

こんな単純な戦略がなぜ優勝するのか？　この結果は明らかに直感に反している。このゲームでは、相手を裏切ることによって相手より高い得点を得られるはずではないか。しかし、「しっぺ返し」は決して自分からは裏切らない（相手が裏切ってきたなら報復するが、相手が協調してくるならいつまでも協調を続ける）。そんな非好戦的なプログラムがなぜ勝てるのか？

実は「しっぺ返し」は個々の勝負には決して勝てない。常に相手と同等の点数しか稼げないのだから当然である。しかし、大負けすることもない。攻撃してきた相手には必ず同等のダメージを与えるからだ。一方、「礼儀正しくない」（自分から裏切りをしかける）タイプのプログラムは、個々の勝負には勝てても、他の「礼儀正しくない」プログラムや、「しっぺ返し」のように報復するタイプのプログラムとの裏切り合戦で消耗するため、点を稼げない。その間に「しっぺ返し」は、他の「礼儀正しい」（自分から裏切りをしかけない）プログラムと協調し、着実に点を稼ぐ。

アクセルロッドはこの結果を発表し、二回目のトーナメントの参加者を募った。六か国から計一六二のプログラムが寄せられた。中には「しっぺ返し」の評判を聞いて、その改良型を送ってきた者や、「しっぺ返し」の裏をかこうとするプログラムを送ってきた者もいた。

しかし、結果はまたも「しっぺ返し」の優勝だった。それどころか、上位一五位までのうち、「礼儀正しくない」プログラムはたったひとつしかなかった。高得点をおさめたプログラムの大半が「しっぺ返し」と同様、自分から裏切りをしかけない「礼儀正しい」タイプだったのである。

このゲームに進化論的要素を加えて繰り返すと、さらに興味深い結果になる。一回のゲームごとに、前回のゲームでの得点数に比例して、そのプログラムがコピーされるのだ。高得点のプログラムは環境に適応したと解釈され、多くの子孫を残す。低い得点しか取れなかったプログラムは子孫を残せず、絶滅する。

最初に絶滅するのは、当然のことながら、「オールC」（常に協調を選択する）のようなマヌケなプログラムである。これらは「オールD」（常に裏切りを選択する）のような「礼儀正しくない」プログラムによって一方的に攻撃され、絶滅する。しかし、弱いプログラムがいなくなると、それを食い物にして繁栄していた「礼儀正しくない」プログラムも得点を稼げなくなり、絶滅に追いやられる。結果的に生き残り、繁栄するのは、「しっぺ返し」のような「礼儀正しい」プログラムだけなのである。

その後も多くの研究者によって同様のトーナメントが行なわれており、現在では「しっぺ返し」は必ずしも最強ではないということが判明している。たとえば、「しっぺ返し」の改良型のひとつ、「寛容なしっぺ返し（generous TfT）」と呼ばれるプログラムが、「しっぺ返し」を破った例がある。これは三分の一の確率で「オールC」として振る舞うというもので、通常の「しっぺ返し」が他の報復型プログラムとの際限のない裏切り合戦に陥るのに対し、「三回に一回ぐらいは許してやる」ことでそれを回避する。同じく「しっぺ返し」の改良型「グラデュアル（Gradual）」も、トーナメントで優勝したことがある。通常の「しっぺ返し」が一回の裏切りに対して一回しか報復しないのに対し、「グラデュアル」は相手が裏切った回数を覚えていて、裏切られるたびにその回数だけ報復する。懲りない相手には相応の罰を与えるわけだ。

何にせよ、「しっぺ返し」やその改良型が、「囚人のジレンマ」ゲームにおいては、（常に最適戦略ではないものの）かなり有利であることは確かと言えよう。

さて、こうしたシミュレーションの結果を即座に現実世界にあてはめたい誘惑にかられるが、そこにはいくつかの問題がある。

こうしたトーナメントでは、参加者は「しっぺ返し」が強いことを知っており、「オールC」や「オールD」のような愚かな戦略をエントリーしてくる者はいない。そのため、最初から協調型の世界が出現する。しかし現実世界では、ゲーム理論を理解しない者、合理的な選択のできない者が多い。短期的な利益にこだわって長期的な利益を失う者や、まったく自分の利益にならない攻撃をしかけてくる者は、あなたの周囲にもいるだろう。中には、何度裏切られても隣国に報復しようとしない国家などという、信じられないものさえ存在する！

「囚人のジレンマ」ゲームにおいても、「オールC」や「オールD」が最初から多数存在する環境では、「オールD」が序盤で圧勝してしまい、「しっぺ返し」ですら繁栄する隙がない。「しっぺ返し」が繁栄するためには、最初に総数の六パーセント以上の「しっぺ返し」型プログラムが存在しなくてはならないとされている。

また、「しっぺ返し」は攻撃してきた相手に同等のダメージを与えるだけの力を持っていなければならない。報復する力のない「しっぺ返し」は「オールC」と同じであり、生き残れない。そして現実世界では力を持たない者が多い……。

一九世紀の有名なインチキ興行師P・T・バーナムは、「カモは次々に生まれてくる」という名言を吐いたが、際限なく「オールC」が生まれてくる環境では、それをカモにする「オールD」も繁栄を続けることができるのだ。

ホーガンがアクセルロッドのコンピュータ・トーナメントのことを知っていたかどうかは定かではない。しかし、ケイロン人社会が「しっぺ返し」型戦略が正しく機能するのに最適の環境であることが理解できるだろう。

ケイロン人はみな論理的である。協調を重視する彼らのモラルは、決して政治思想や、ましてや宗教などという非論理的なものが基盤になってはいない。彼らは利己主義者であり、自分が最大の利益を得るにはどんな戦略が有利かを理解できる能力を持っているのだ。

自分以外の大多数が「しっぺ返し」戦略を選択している状況では、自分も協調的な戦略を選択するのが有効である。そしてケイロン人は、他のケイロン人も自分と同じく論理的に思考し、有効な戦略を選択することを知っている。だからこそ「オールC」や「礼儀正しくない」戦略を選択しないのだ。

もちろん、中には少数ではあるが、協調を選択しない者もいる。18章のジェイとペンキ屋の会話にあるように、彼らは最小限の保護を受けはするが、他人に迷惑をかけないかぎり、ただ放置される（ここでもケイロン人は相手の手をまねるだけである）。しかし、他人に危害を加える者はそうはいかない。彼らを待ち受ける運命は、16章でケイロン人の口から語られる。

「ふつうは結局誰かがそいつを撃ち殺すことになりますね。だからそれほど大問題にまで発展しないですむんです」

警察や法律が存在せず、誰もが銃で他人を撃ち殺すことが許される社会！　これはショッキングではあるが、筋は通っている。ケイロン人は個人が他人に報復する権利と能力を有している。それは「しっぺ返し」が機能するのに必要不可欠なのだ。

そんなのは物騒ではないかと不安に思うのは、我々がケイロン人のように思考することに慣れていないからだ。ケイロンでは金目当ての犯罪など起こりようがないし、危険な異常者は早いうちに射殺されるので、じきに淘汰される。ケイロンにおける殺人や傷害事件の多くは、感情のもつれによるものだろう。だったら撃ち殺されないようにする方法は簡単——他人に恨まれないよう、協調して生きることだ。

これは結末の伏線にもなっている。ケイロン人は無抵抗の平和主義者ではない。彼らは決して自分から手を出そうとはしないが、敵に対する報復手段を隠し持っている。力がなければ、彼らの戦略は有効ではないからだ。無論、第一撃が加えられるのを手をこまねいて待っているのは現実的ではない。充分な準備を整えたうえで、まず相手に協調を持ちかけ、それでも相手が攻撃の意志をひるがえさないと判明した瞬間、即座に自衛のための先制攻撃を行なう……。

37章で、コールマンたちの前に立ちふさがる最大の難関は、まさに「囚人のジレンマ」問題そのものである。それを突破するのに、コールマンがケイロン流のやり方を試す場面は、実に感動的だ。

「こういう考え方を、みんなこれから学ばなきゃいけないんです」

他にも本書には、心に染みる警句、名文句が随所にちりばめられている。

「人間の心は無限の資源だと言ったけど、でもそれは無駄使いしないとしての話だ」

（13章）

「ほかならぬ自分が戦わねばならないとなると、戦い取る価値のあるものなんて、びっくりするほどわずかしかないもんです」（16章）

「もし、信仰体系の基礎が、その表面の見せかけとは逆の、死や、憎しみや、老衰や、非人間化や、屈辱に対する病的な強迫観念にあるものだったら、わたしたちに宗教はありません……でももし、その意義が、生命や、愛や、成長や、目的の達成や、人間の創造性などに対する信仰を謳い上げることにあるなら、そう、ケイロン人も宗教を持っていると言っていいでしょう」（18章）

「彼らは子供たちに、自分らは銃火にさらされることもない頑固な老人たちのために命を捨てるのが高貴なことだなどと教えたりはしないし、赤の他人の妄想を実現させるために大量虐殺の場へ送り出したりもしない」（26章）

繰り返すが、本書はＳＦである。作りごとである。ケイロン人社会は地球上では実現不可能である。

しかしそれでも、本書を読まれた方には、何らかの真実が伝わったことと思う。

# タイムトラベルＳＦとして見た『戦国自衛隊』

小説『戦国自衛隊』は、『ＳＦマガジン』一九七一年九月〜一〇月号に掲載された。この作品には、ＳＦ作家・半村良氏の「ＳＦであること」へのこだわりが随所に見られる。

「ＳＦであること」とはどういうことなのか。分かりやすく言えば、「架空世界の約束事をきちんと守る」ということだ。

まず、伊庭（いば）たちがタイムスリップするのが我々の過去ではなく、少し歴史のずれたパラレルワールドであることに注目していただきたい。なぜこんな設定にしたのか。近代兵器が戦国時代で活躍する痛快さ、歴史を変える面白さを描きたいなら、別に我々の過去であっても支障はなかったはずではないか——と思われるかもしれない。

そうだろうか。もし我々の過去にタイムスリップしたなら、伊庭たちは歴史を変えてしまうことを恐れ、大胆な行動ができなかっただろう。歴史を変えるということは、彼ら自身が帰還すべき世界が失われるということであり、現代に残してきた彼らの親しい人たちを消滅させることである（SFを知らない人間がタイムトラベルものを書くと、こういう部分に無頓着であることが多い）。その葛藤がストーリー進行を妨げる。だからパラレルワールドという設定を持ち出してきたのだ。

タイムスリップの原因として「時の神」の存在を示唆している点も見逃せない。伊庭たちの行動は、パラレルワールドの歴史を修正するための、時の神による介入だったというのだ。オカルト的発想に思われるかもしれないが、歴史を管理する超越者の存在は、昔から多くのSFで扱われてきた題材である。

最近の架空戦記ものに慣れ親しんだ読者には奇異に見えると思われるのは、タイトルから連想されるイメージに反して、近代兵器が戦場で大活躍する場面が少ないことである。戦国時代に出現した伊庭たちの戦力は、実に少ない。装甲車一台、ヘリコプター一機、哨戒艇一隻、後は歩兵の銃器と輸送用のトラック——まさに最小限である。しかもそれらも、話が進むにつれて、破損・燃料切れ・弾切れで使えなくなってゆく。

半村氏の興味は戦闘そのものにはないように思われる。よく読めば、伊庭たちの勝利が決して近代兵器に頼ったものではないことが分かる。むしろ近代的な戦術・政治的策略・道路網の整備・経済の活性化・人心の掌握など、知力が重要なファクターとなっている。

圧倒的な戦力で戦国日本を蹂躙してゆく物語なら、単純にカタルシスは得られるだろうが、「どうすれば歴史を変えられるか」という思考実験の要素は無いに等しい。大きな力が小さな力を打ち負かせるのは当たり前ではないか。必ず勝てると分かっているゲームが楽しいだろうか？　力が最小限だからこそ、それを活用するための知力が重要になるのだ。

ＳＦは「思考実験の文学」と呼ばれる。『戦国自衛隊』はまさに半村氏の思考実験が生んだ作品――本物のＳＦなのである。

# SFにおける人間とロボットの愛の歴史

この文章は、二〇〇六年一一月三日、東京・秋葉原で開催されたイベント「アキバ・ロボット運動会2006」の企画のひとつとして行なった講演（主催・早川書房）の内容を再録、加筆修正したものである。

## SFは現実を見つめ直すもの

この講演では、SFの分野からロボットの未来について考えていきたいと思います。

SFというのは未来を予測するものだとよく誤解されますが、これは間違いです。SFの未来予測はほとんどはずれてる（笑）。たとえば二〇世紀のSFでは、二一世紀になれば道路を走っているのはみんなエアカーで、公衆電話はテレビ電話になっていて……というような未来が描かれていました。テレビ電話は考えてたけど、携帯電話は誰も思いつかなかった（笑）。インターネットもパソコンも出てこない。

じゃあ、SFの役目とは何か。僕は、普通の小説が世界を肉眼で見るのに対し、宇宙から望遠鏡で見たり、あるいはX線で透視して見たりするのがSFだと思います。たとえば地球が丸いというのは地上に立って見ても実感できないけど、宇宙から写真を撮ってみたら一発で分かるでしょう？　小説も同じことで、現実にあるものだけで描こうとするとものすごく大変なことってあるんですね。未知の要素を出すことで現実を見つめ直しやすくなる。

ここに、二〇年以上前に出版された『マインズ・アイ――コンピュータ時代の「心」と「私」』（TBSブリタニカ）という本があります。著者はダグラス・R・ホフスタッターとダニエル・C・デネット。人工知能とか認知科学の分野でけっこう有名な人たちです。これは「私」というのは何なのか、「知能」とは何か、「考える」とはどういうことか、そういう問題を扱った本でして、論文やエッセイだけじゃなく、いろんなフィクション作品が引用されています。SFからのものも多い。たとえば『ソラリス』で有名なスタニスワフ・レムの作品が三編、ルーディ・ラッカーの『ソフトウェア』（ハヤカワ文庫SF）からの引用などです。

デネットが書いたこの本の序章には、物質転送装置が出てきます。女性宇宙飛行士が火星で遭難する。地球に帰るための宇宙船が壊れてしまって助かる見こみがない。ただ、宇宙船の中には「テレクローン・マークⅣ」と呼ばれる機械がある。これはいったん物質を分解し、電気信号に変えて送信して、目的地にある受信機で再構成するというものです。彼女はこの機械に入り、地球にある受信機から出てきて、家族と無事に再会を果たします。

でも、彼女は考えます。今ここにいる自分は、再生された偽者にすぎないんじゃないか。物質転送装置というのは実は人間を殺す機械なんじゃないか。本物の自分は火星で分解されて死んだんじゃないか。だって、今の彼女の肉体には、元の原子は一個も含まれてないわけですから。さらにややこしいことに、新型の「テレクローン・マークV」という機械が発明されます。これは原型を破壊することなしにスキャンできる。もし宇宙船に積んであったのがこのタイプのマシンだったら、彼女のオリジナルの肉体は火星に残っていたことになる……。

そうすると、「じゃあ、私っていったい何?」ということになりますよね。こういうようなたとえ話をされると、「自分」という概念、「私」というごく当たり前に考えていた概念が、実はよく分からないものなんだと気づくと思います。SFは現実を違う視点で見直すきっかけになるんですね。そんなわけで、今日はSFの視点からロボットを考えてみたいと思います。

僕は今年(二〇〇六年)、『アイの物語』(角川書店)という作品を発表しました。表紙やタイトルだけ見ると「恋愛小説なのかな」と思われるかもしれませんが、人工知能や仮想現実を扱った本格SFです。アイビスという美しい女性型アンドロイドが、少年にいろんな物語を語るという構成です。

その中に「ヒトの夢、フィクションの海は、私たちのふるさとなのよ」という台詞が出てきます。人間が海を生命のふるさとだと思うように、人間が描いてきたSFがアイビスたちのふるさとなんだということです。昔から人間そっくりなロボットを創りたいと願ってきた、そうした人間の夢がロボットたちを現実に産み出したわけです。

実際問題として、人間に近いアンドロイドを創るのはまだ非常に難しい。外見は今の技術でもかなり近いものができます。たとえばアメリカ製の高級なダッチワイフの写真をネットで見たことがあるんですが、写真で見るだけでは人間とまったく見分けがつかない。これ、中に動力を入れたらすぐにアンドロイドができるじゃん、と思うんですが、問題はそこに「心」がない、「愛」がないということなんです。

このロボットと愛という大きな問題について、多くのSF作家が描いてきたことを振り返って考えてみようと思います。特にここはアキバですから、「ロボット小説における萌えの歴史」というテーマで（笑）。

## 元祖・戦う美人アンドロイド

最初に取り上げるのは、ヴィリエ・ド・リラダンの『未來のイヴ』（東京創元社）という小説です。発表されたのは一八八〇年。主人公は発明王のトーマス・エディソンです。ただし作者はまえがきで、実在のエディソンではないんだと断っています。確かにこの小説でのエディソンは、ほとんど魔術師みたいな扱いです（笑）。

エワルドというイギリスの青年貴族がエディソンのところに訪ねてくる。彼はアリシヤという美しい女性と恋に落ちたんですが、いざつき合ってみるとその女があまりにもバカ（笑）。「こんなに美しい女性なのに、なぜこんな俗物の魂を持ってるんだろう」と、アリシヤに対する悪口が二〇ページぐらいえんえんと続く（笑）。「あの女から魂を取り除くことはできないだろうか」と言うと、エディソンは「できる」と言います。彼はひそかに人造人間の研究を進めていて、完成に近づいてる。その外見をアリシヤそっくりにすればいいじゃないかと。エディソンもまた人間の女を嫌悪しておりまして、やっぱり女に対する悪口が何十ページも続く（笑）。要するにこれは、現実の女に絶望した二人の男が、理想的な女を創ろうとする話なんですね。

そのハダリーという女性型ロボットについては、歩く時に関節がどう動くかとか、非常に詳しく内部構造が説明されているんですが、肝心の「ロボットがどうやって心を持つのか」という部分に関しては、さすがにこの時代はコンピュータというものがありませんから、オカルト的な説明で逃げてます。面白いと思ったのは、彼女が武器を持っていること。高圧電流のナイフを持ってて、ご主人様以外の誰かが彼女によからぬことをしようとすると、自動的に防衛機能が働いてそいつを黒焦げにする。そこまでやるかエディソン、という感じ（笑）。この時代にも現代のマンガに通じるような「戦う女のアンドロイド」という発想がすでにあったということですね。

もう一つの着目点はハダリーの人間への応対です。たくさんの声のパターンが入ってて、話しかけるとその中から相手の言葉に対応した答えを返す。エワルドはそれを聞いて「芝居をしているようなもんじゃないか」と冷めてしまうんですけれども、エディソンは「会話なんてそんなもんだよ、決まったシナリオ通りに喋るのは別に悪いことじゃないよ」というような説明をする。これも無理やりこじつけると、現代のギャルゲームたいな感覚と言えるんじゃないでしょうか（笑）。

最後には、アリシヤの姿そっくりに改造されたハダリーにエワルドは騙され、アリシヤにこんな一面があったのかと恋の炎が再燃する。実はそれがハダリーだと教えられて最初は避けようとするんですけど、彼女の言葉にほだされて彼女を愛するようになる。

（前略）暗澹たる偶像よ、私は世を避けてあなたと一緒に暮す覺悟を決めた！　私は人間を辭職する──時代も流れ去るがよい！……それといふのも、二人の女を較べてみると、確實に、生きている女の方こそ幻だと、今しがた氣がついたからだ。

（齋藤磯雄・訳）

とまで言い切るんですね。要するにヴァーチャル・リアリティが現実を凌駕するという物語なんです。一九世紀の話なのにもうすでにそういう発想までもがあったんですね。ところで、この小説の中でエディソンは人造人間のことを「アンドレイード」と呼んでいます。つまりアンドロイドですね。この言葉を初めて使ったのは『未來のイヴ』だと言われています。これはラテン語の「andro」と「-oid」の合成語です。「andro」というのは英語の「man」と同じで「男」とか「人間」といった意味。「-oid」というのは「~に似たもの」。だから「男に似たもの」という意味です。だから本当言うと女性型ロボットに対して「アンドロイド」と言うのはちょっとおかしいんですが、すでに定着しています。「ヒューマノイド」という言い方もありますね。

ただ日本ではこの「ロイド」「ノイド」という言葉が、非常に間違って濫用されています。マンガとかアニメとか見ていると、「アーマノイド」とか「バイオロイド」とか「サイバロイド」とか「メガノイド」とか「デストロイド」とかいろいろ出てくる。一番変なのは『Zガンダム』に出てきた「スペースノイド」。何だよそれは(笑)。こういう変な和製英語はあまり定着させていただきたくないです。

ただ、『スター・ウォーズ』の中では、ロボットのことを「ドロイド」と呼んでますんで、あの世界の中で「バトル・ドロイド」というような言い方をするのは正しい。あの世界では「ドロイド」がロボットを意味するという設定になってるわけですから。

## メイドロボと結婚する話

次に取り上げるのは一九二六年、『未來のイヴ』から四〇年ぐらい後に発表された『メトロポリス』というドイツ映画です。これに出てくるロボットは金属でできた甲冑(かっちゅう)のような姿をしているんですが、それを人間のマリアという女性そっくりに改造する。

本物のマリアをカプセルに寝かせてスキャンするんです。一九二〇年代の映画にしては、今見てもかなり特撮がよくできている。その偽者のマリアは労働者を扇動して暴動を起こさせたりするんですが、実は人間になってからはあんまり印象的ではない。それよりも甲冑みたいな形をした原型の方が、ファンはみんな好きですね。『スター・ウォーズ』のC－3POの原型とも言われていて、今見てもかなり洗練されているデザインなんです。

ちなみにロボットのマリアの着ぐるみの中に入ってるのは、人間のマリア役のブリギッテ・ヘルムという女優です。監督のフリッツ・ラングという人は完全主義者で、ロボットもブリギッテが演じなきゃいかんと主張して、一〇代の娘を裸にして甲冑みたいな重たい着ぐるみ着せたんですね。顔なんか見えないのに（笑）。完全主義者というより、女の子をいじめたかっただけなんじゃないのって気がしますが。

さらに少し時代を下ると、レスター・デル・リイの「愛しのヘレン」という短編があります。その世界ではロボットが広く普及しているんですが、人間みたいな感情がないから失敗ばかりする。そこで若い技術者が理想のお手伝いさんロボットを作ろうとします。新しいロボットを買って、そこに内分泌腺の働きを模倣した装置を入れることで感情を芽生えさせる。理想のお手伝いさんロボットができたと喜んでたら、ある日、ヘレンと名づけた彼女が迫ってくるんです。メロドラマを見たり小説を読んだりして、愛というのは素晴らしいものだと学習しちゃったんですね。で、インプリンティングみたいに、身近にいた男性にいきなりメロメロになってしまう。彼もヘレンの一途な愛にほだされて、とうとう結婚まで行っちゃうんです。

さてみなさん、よく考えてください。お手伝いさんロボットですよ。メイドロボですよ（笑）。つまり「愛しのヘレン」というのはメイドロボに愛されて結婚するという、「それ、どこのギャルゲー？」というお話（笑）。これは一九三八年に書かれてますが、この頃から女性型アンドロイドの描写というのは進歩していないように思えます。

次に紹介するのが、エドマンド・クーパーの『アンドロイド』（ハヤカワ文庫ＳＦ）です。発表は一九五八年。主人公は現代人なんですけども、冷凍倉庫に閉じこめられて仮死状態になって、未来で目覚める。未来の人間はアンドロイドによって支配されていて、彼はそれと戦うレジスタンス活動に身を投じます。彼には死んだ奥さんにそっくりな顔のマリオンＡという女アンドロイドが付き添っています。最初はいかにもロボットらしい反応をするんですが、いろいろ教えこんでいくうちにだんだん人間らしくなって主人公を愛し、いっしょにアンドロイドと戦うようになっていきます。

最後は人間が勝利するんですけれども、そこで主人公は人間の女を選んでしまう。捨てられたマリオンＡは、「もう私の役目は終わったから、ご主人様幸せになってください」と自殺しちゃう。ちょっとこれは許せない。どう見たってマリオンＡの方が人間より魅力的なんです。実際、僕よりちょっと上の世代のＳＦファンにとって、マリオンＡは思い入れがあるキャラクターみたいです。

## ボッコちゃんはツンデレ人工無脳

さて、この『アンドロイド』が書かれたのと同じ年に発表されたのが、有名な星新一さんのショートショート「ボッコちゃん」（新潮文庫『ボッコちゃん』に収録）。読んでらっしゃる方も多いとは思いますが、みなさんけっこう内容を忘れておられるんじゃないでしょうか？　読み直すと面白いですよ。

　その口ボットはうまくできていた。（中略）あらゆる美人の要素をとり入れたので、完全な美人ができあがった。もっとも、少しつんとしていた。だが、つんとしていることは、美人の条件なのだった。

ボッコちゃんはツンデレなんですね（笑）。いや、ツンばっかりでデレがないんですけど。

あと、ボッコちゃんというのは、実は「人工無脳」なんですね。人工知能じゃなくて。バーのマスターに作られたんですが、本物そっくりの肌触りで、人間と見わけがつかない。頭はからっぽに近いけど酒を飲むことはできる。歩行機能がないからカウンターにいつもいるという設定です。お客はロボットだと気づかずに話しかけます。

「名前は」
「ボッコちゃん」
「としは」
「まだ若いのよ」
「いくつなんだい」
「まだ若いのよ」
「だからさ……」
「まだ若いのよ」

ボッコちゃんが答えられるのは名前と年齢を聞かれた時だけなんですけど、それでもロボットと気づく者はいません。

「きれいな服だね」
「きれいな服でしょ」
「なにが好きなんだい」
「なにが好きかしら」
「ジンフィーズ飲むかい」
「ジンフィーズ飲むわ」

（中略）

「お客のなかで、だれが好きかい」

「だれが好きかしら」

「ぼくを好きかい」

「あなたが好きだわ」

「こんど映画へでも行こう」

「映画へでも行きましょうか」

「いつにしよう」

答えられない時には信号が伝わって、マスターが飛んでくる。

「お客さん、あんまりからかっちゃあ、いけませんよ」

と言えば、たいていつじつまがあって、お客はにが笑いして話をやめる。

相手の言ったことを、語尾を変えて返すだけで会話が成立しちゃうんですね。今の技術ならボッコちゃんは充分作れるよなあと思ってしまいました。バーのマスターに作れるかどうかはともかくとして（笑）。

彼女を人間だと思って恋する男も現われる。人間というのは実は心を持たない存在にでも恋することができる。ギャルゲーのキャラクターもそうで、こっちがメッセージを選択すると言葉を返してきますが、それはもちろんプログラムされたものにすぎない。

でも、プレイヤーはそのキャラクターに萌えることができるわけですよ。だから単にキャラに萌えるだけだったら、心は要らない。

## アンドロイドの娼婦と心中する

日本作家の作品をもう少し。平井和正さんの『アンドロイドお雪』（立風書房）は一九六九年発表。お雪というアンドロイドは主人公の刑事を誘惑する魔性の女という描かれ方をしています。この物語でいい奴なのは、主人公の刑事とアンドロイドと猫のサイボーグだけ。人間と犬はみんな悪い奴です（笑）。

また「ロボットは泣かない」という短編では、主人公が中古で安くなっていた女のアンドロイドを買うんですが、前の主人に虐待されてガタがきて足を引きずっているもんで、ひどい差別を受けるんです。主人公はかわいそうになって守ってやろうとするんですが、奥さんには「あんた、あの子の方がいいの」と言われるし、周囲の人間からもどんどん孤立していく。かわいそうなロボットとそれをいじめる人間という図式——平井さんの小説に出てくる人間ってのは、本当に嫌な奴ばかりです（笑）。

この頃の平井さんの小説は「人類ダメ小説」と呼ばれてまして、人類はダメな存在なんだというテーマが基本にあります。僕らの世代はその影響が大きくて、たとえば新井素子さんの初期作品、『あたしの中の……』とか『いつか猫になる日まで』とか『宇宙魚顚末記』などで描かれる、人類という存在はちっぽけでいつ滅びてもおかしくないいんだという、ある種ニヒルな考え方は、やはり平井さんの影響を受けていると思います。僕の『神は沈黙せず』(角川書店)や『アイの物語』も、やっぱり「人類ダメ」という発想からスタートしている。僕らの世代にとっては平井さんがスタート地点で、「人類ダメ小説をいかに克服するか」みたいなものが課題だったんです。「人類はダメだから滅びてしまえばいい」じゃ話が終わっちゃうから、「そんなことはない、人類はやっぱり偉大なんだ」とか「確かにダメだけど、そんなに悪く言わなくてもいいじゃん。実はいいところもあるよ」みたいな発想をする。特に僕は後者をよく使います。

さて、『アンドロイドお雪』と同じ時期に書かれたのが、眉村卓さんの『わがセクソイド』(角川文庫)。セクソイドというのは、これも間違った言葉だと思うんですけども、セックス用アンドロイドです。この世界にはセクソイド・センターというものがあって、合法的な娼館の役割を果たしています。主人公の男は女性恐怖症でいい年して童貞、女性経験がまったくない。ところが友だちに無理やり連れて行かれたセンターでユカリというセクソイドと知り合い、惚れちゃうわけです。これなんかも現代のオタク文化に通じる発想だと思います。

面白いのは、セクソイドはある客を相手にしている時はそれ以外の客に関する記憶がブロックされる。つまりセクソイドは一体しかいなくても、次々と来る客は彼女が自分だけを愛してくれているような、そういう幻想を持つようになっているんです。ユカリも主人公の前にいる時は彼のことだけを思っている。他の男のことは考えない。

ただあんまり使ってると記憶がパンクしてしまうので、ちょくちょく記憶を消さなくてはいけない。しかし記憶を消されるというのは死ぬのと同じことだと、主人公はユカリを盗み出して駆け落ちします。最後は警官隊に取り囲まれ、撃ち殺されるという壮絶な死を遂げる。要するにアンドロイドと心中する話です。海外の人間にとってはロボットと結ばれるという発想は抵抗があるのかもしれないんですが、日本人はわりとスムーズにそういう概念を受け入れている感じがします。

## アンドロイドも天国に行く

さて、今まで言及してきたのは女のアンドロイドばかりでした。じゃあ、男のアンドロイドと女性が恋をする話はないのかというと、あるんですねこれが。タニス・リーの『銀色の恋人』（ハヤカワ文庫ＳＦ）という一九八一年の作品です。

主人公はいいとこのお嬢さんで、何不自由なく暮らしてたんですが、シルバーという銀色の肌をした美青年のアンドロイドと恋に落ち、駆け落ちして同棲をはじめる。主人公とシルバーとのセックスシーンもあったりします。ただこのドラマは悲劇に終わる。二人の仲は裂かれ、シルバーは殺されてしまうんです。で、すごいのはその後日談。主人公の知り合いにオカルト好きな奴がいて、彼女を降霊会に誘うんです。コックリさんてやつですね。そうすると死んだシルバーからメッセージが来る。要するにロボットにも魂があって、死後の世界があることが最後に明らかになるんです。

僕はこれを読んですごいなあと思いました。SFにとって、何が可能か、どうすればそれが可能になるかということは、実はたいして重要じゃないんです。それが可能だとしたらどうなるか、そこからどういう結論が導けるかというのを考えるのがSFなんです。タニス・リーという人は、魂というものが本当にあるんだったらロボットにも魂はあるんじゃないかということを描いてみせた。このラストシーンは衝撃的でした。ロボットにも心があるということをこんなにストレートに、こういう形で表現するというのは、ちょっと思いつかなかったです。

タニス・リーというのはファンタジー系の作家ですから、SFを書いてもファンタジー的な発想を出してくる。他にも彼女には魂の存在を扱った短編があります。難病に苦しむ現代の人が、冷凍睡眠で治療が可能になった未来で目覚めます。でもどうもそいつの様子がおかしい。なんだか人間以外のものが入りこんでいる。実は、人間は冷凍された時点で死んでその魂は天国に行く。だから目覚めた状態では肉体はからっぽで、そこに邪悪な存在が入りこんでくるという設定です。要するに魂ってものがあるとしたら、冷凍されている間は天国に行っているんだろう、という発想。魂があるという前提でそういうSFを書いているんですね。

いよいよこの歴史も終わりに近づいてきました。一九九三年発表、エイミー・トムソンの『ヴァーチャル・ガール』(ハヤカワ文庫SF)です。AIの起こした大事件の結果、AIの研究が禁止されてる時代、アーノルドという技術者がジャンクパーツを集めて、マギーという美少女アンドロイドを作ります。

九〇年代ではさすがに人工知能の研究が進んでいて、作者もそれに言及しています。フレーム問題がちゃんと出てくる。フレーム問題というのは、ロボットが現実を把握しようとする時に発生する問題です。たとえばマギーは初めて外出した時、雨が降ってくると、それに関するありとあらゆる情報を検索しはじめてしまうんです。雨は水でできていて、水はどういうものかとか、映画の一場面とか、雨に関する無数の情報が洪水のようにわーっと出てきて壊れそうになる。人間ではそんなこと起きないわけですよ。ロボットの場合、考えを止めるってことができないので、あらゆる関連項目を検索してハングしてしまう。こういう一面をきちんと描いてるんですね。

物語の方も、今までのように人間とアンドロイドとの恋を安直に描いたものではありません。マギーはアーノルドと離れ離れになって、アメリカ各地を放浪し、いろんな人との出会いの中で、だんだん成長していきます。最後にアーノルドと再会するんですが、彼があくまで自分をロボット扱いするので決裂しちゃう。要するにロボットの自立を描いているんです。最初は人間に奉仕するため、オタク男の夢を叶えるために作られたけれども、最後はちゃんと自立した独自の存在になっていくという話なんです。これまでのいわゆるアンドロイドもの、さっきのクーパーの『アンドロイド』みたいに、人間に奉仕するだけの存在、男の願望では終わっていないというあたりが、さすがに九〇年代の作品と言えるんじゃないかと思います。

## ロボットはアバウトでなければいけない

今までアンドロイドと人間との愛ということをテーマにお話ししてきましたけど、ロボットに愛されることを考える前にまず、ロボットに反乱を起こされることがないようにしなければいけません。そこで即座に思いつくのが、アシモフのロボット工学三原則。

- 第一条「ロボットは人間を傷つけてはならない。また、危険を看過することによって人間を傷つけてはならない」
- 第二条「ロボットは人間の命令を聞かなければならない。ただし、第一条に反する場合はこの限りではない」
- 第三条「ロボットは第一条および第二条に反しない限り自分の身を守らなくてはならない」

これは絶対守らなくちゃいけない原則みたいに思われてるんですが、実は無意味というか、実行不可能なんです。なぜかというと、『アイの物語』の中でも触れてるんですが、まず第一条の補則、「危険を看過することによって人間に危害を及ぼしてはならない」というのは、よく考えてみると不可能なんです。

たとえば、まもなく死刑にされる囚人の存在をロボットが知った場合、第一条の補則に従ってこの死刑囚を守らなければいけないわけです。あるいは、これから戦場に出征する兵士がいると知った場合、ロボットはそれを守らなくちゃいけなくなる。「危険」という概念も非常に広く解釈できます。車に乗るだけで危険かもしれないし、お酒を飲むこともそうです。誰かがお酒を飲むたびにロボットが止めに入るのもおかしい。じゃあお酒は何杯目から危険になるのか？　そんなのは設定できません。さっきのフレーム問題から考えて、第一条の補則は厳密には実行できない。あらゆる行為の危険度をあらかじめプログラムに組みこむことはできないし、何がどれだけ危険かをいちいち計算なんかしていられない。そんなことをしてたら、それこそロボットは動けなくなります。

これも『アイの物語』の中の「詩音が来た日」で、技術者がこう説明しています。

日常的な例を挙げますとですね、よく変質者に子供が殺される事件が起きるたびに、それを警戒する動きが起きますよね？　でも、子供が変質者に殺される確率より、交通事故で死ぬ確率の方がはるかに高いわけです。だったら交通安全の指導をもっと強化すべきなのに、変質者より車の方が危険だと考える人は、あまりいません。さらに、年間の交通事故の死者より家庭内の事故で死ぬ人の方が多いんですが、家の中が道路より危険だと思う人もいません。携帯電話の電磁波や、ごく微量の食品添加物の害を心配する人が、平気で酒を飲んでいる。アルコールの害の方がはるかに大きいのに。仏滅の日に結婚式を挙げる人も、あまりいませんよね。仏滅に結婚したところで何か悪いことが起きるわけじゃないのに、人はそのあるはずのないリスクを避けようとするんです。

僕にも小学生の娘がいますから「知らない人に注意しなさい」とよく言うんですけど、考えてみると、見知らぬ人に殺される子供より、親に殺される子供の方がはるかに多いんですよ。だから本当は「知ってる人に注意しなさい」と教えなきゃいけない（笑）。まあ誰もそんなことは言いませんよね。

要するに人間というのは、実にいいかげんにリスクを判定してる。確率やデータじゃなくて直感や気分で、何が危険で何がそうでないかを線引きしてる。フレーム問題を解決するにはそれしかないんです。だからロボットも適当に判断しなくちゃいけない。そのためには「適当」という概念を身につけさせる必要がある。与えられた命令を忠実に実行しようとするんじゃなく、アバウトで臨機応変な考え方ができないと人間は守れない。そんなロボットはもはやプログラムでは縛れない存在であろうと思います。ロボット工学三原則が無意味だというのは、そういうことです。

昔は人間の心の働きというものはプログラムできると思われていました。少し前のSFでは、ロボットは人間のプログラム通りに動く存在として描かれてきた。でも、現代の人工知能研究ではそういう考え方は否定されています。本物の人工知能というものができるとすれば、本能で動く赤ん坊のような状態から、人間と同じように一から育てていかなくちゃならない。そうしないと心は生まれないだろうということです。当然、そうして誕生したAIはプログラムには縛られませんから、ロボット工学三原則を守らせることはできません。

## 便所に行くと白い手がぬーっと……

では、ロボットが人間に反乱を起こす話には、これまでどんなものがあったでしょうか。

一番分かりやすいのは、ロボットが故障するというもの。アニメ『新造人間キャシャーン』の第一話では、落雷がロボットに当たって人類征服に目覚めちゃう。でもこれは極端な例です。

さっき挙げたエドマンド・クーパーの『アンドロイド』や、ジャック・ウィリアムスンの『ヒューマノイド』（ハヤカワSFシリーズ）は、ともに人間に奉仕するために作られたアンドロイドを描いています。彼らは「人間に奉仕せよ」「人間を保護せよ」という命令をどんどん拡大解釈してしまう。人間を守るためには人間を管理しなければならない、人間を絶対的に支配しないと人間を守れない。そういうように考えていってしまうんですね。

ロバート・ブロックには「人間そっくり」という短編がありまして、これは学習していくロボットです。最初は子供みたいに純真な、無垢の心を持っているんですが、悪人に奪われて悪事に使われる。そのうち人間そっくりに、つまり人間らしく邪悪になっていくという話です。これも人間のせいです。

『マトリックス』という映画がありましたけど、あれもマシンが人間に反乱を起こすという設定でした。アニメ版の『アニマトリックス』の中で過去の歴史が明かされていましたが、人間がロボットを徹底的に迫害していたもんで、それに対してロボットが蜂起した。要するに人間が悪い。

七〇年代の特撮番組で『大鉄人17（ワンセブン）』というのがありました。スーパーコンピュータのブレインというのが、人類の絶滅を図るわけです。なぜかというと、ブレインは地球環境を守るために作られたコンピュータだったんですが、どうすれば地球の環境を守れるかというのを計算した末に、人類を滅ぼすのが一番だという結論に達してしまった（笑）。困ったことにこれには反論できません。その通りでございます。

というわけで、結局、落雷などの事故によって狂いだしたという場合を除いては、すべて人間側に原因がある。人間が不適切な命令を与えたり、人間が悪いことをやったせいで、ロボットが反乱を起こすというのがSFのパターンです。

士郎正宗さんの『攻殻機動隊』（講談社）に、フチコマというロボットたちが議論するシーンがあります。一体が、革命を起こして人類を支配しちゃおうと提案すると、ほかの連中が、だったら誰がメンテナンスしてくれるの、そんなことしてもメリットないだろと反論する（笑）。つまりロボットは人間よりも論理的だから、人間に反乱を起こすことにメリットを感じない。これは確かに一理ある考え方だと思います。先ほどの『アニマトリックス』みたいに、人間がロボットを迫害して絶滅の危機に追いやるような極端な状況でない限り、たぶん共存を考えるのがロボットらしいのではないかなと僕は思うんです。

あと、ロボットの反乱を防ぐ画期的なアイデアがあります。イギリスのＴＶコメディ『宇宙船レッド・ドワーフ号』の中で出てくるもので、『神は沈黙せず』の冒頭で使わせてもらったんですが、アンドロイドのクライテンというキャラが、ロボットは死んだら「シリコン・ヘブン」に行くと信じている。つまり人間に、忠実に人に仕えていたら天国に行って幸せに暮らせると教えられているんですよ。ロボットに信仰を与えて反乱を防ぐというやり方ですね。

似たような発想に吾妻ひでおさんの『チョコレート・デリンジャー』（秋田書店）という作品があります。最終話近くで未来の話になるんですが、主人公のチョコちゃんが、ロボットはどうして虐待されてるのに人間に逆らわないんだろうと疑問に思う。ロボットは答えます。「もし人間に逆らったら、夜中に便所に行くと下から白い手がぬーっと出てくる」と（笑）。それは迷信だと教えられて、彼らはいっせいに人間に対して反乱を起こすという展開になるんですけど。

## 心があることをどう証明する？

少し僕の本の宣伝をさせていただきます。さっきも述べたロボットの心の作り方に関してですが、僕の『審判の日』（角川書店）という短編集に収録された「時分割の地獄」という短編の中に、ゆうなという人工知能のアイドルが出てきます。ヴァーチャル空間の中に存在するキャラクターです。人体とまったく同じものを仮想空間に構築し、人間の赤ん坊と同じように育てる。これで原理的には人間に似た感情を――「心」を持つAIができるはずなんです。『アイの物語』でも同じ設定を使っています。その中ではスラン・カーネルと呼んでますが、ロボットの本能に当たるプログラムを植えつけて、そこから人工知能を育てていく、という発想です。

ただ問題は、ロボットに心が芽生えたとして、そのことを人間側がどうやって判定するかということです。「時分割の地獄」の中では、人間の俳優がヴァーチャル・アイドルを蔑視していて、AIは心を持ってない、単にプログラムに従って喋（しゃべ）ってるだけだと主張している。一方、ヴァーチャ・アイドルのゆうなは彼に対して殺意を抱く。でも、殺意を抱いてることを彼に証明することができない。仮想空間にしか存在しない彼女は、現実世界にいる彼に手出しできないんです。

「なるほど」俺は腕組みした。「殺意はあるけど、それを実行することはできない――ということは、君が本当に殺意を抱いているかどうか、証明できないわけだね」

「あなたを殺したい、と言ってもですか?」

「言うだけなら九官鳥にだってできるさ。『アナタヲコロシタイ』という言葉を覚えこませりゃいい。九官鳥がそう言ったとして、九官鳥に殺意があるという証明になるかな?」

(中略)

「同じことを人間が言えば信じるんですか?」

「場合によるが——まあ、信じるだろうね」

「なぜです?」

「同じ人間同士だからだよ。人間だったら、だいたいどんなことを感じたり考えたりするか分かる。ある種の状況に置かれたら殺意を抱くのは当然だ、と推測できる。それに対して、君はどうだ? 君が何を感じてどう考えるのか、僕には想像もつかない。だから信じられないんだよ」

(中略)

「それって何も証明してませんね」ゆうなは楽しそうに小首を傾げた。「あなたは私が人間ではないという理由で、人の心を理解できないと言います。でも、人間だけが人間を理解できるという証明はされてません。もちろん、人間ではないものに心はないという証明もされていません」

俺はさすがにむっとして、強い口調になった。「だったら君は、自分が心を持ってると証明できるのかな?」

「できませんよ、そんなの」ゆうなはあっさりと言った。「心を広げて見せるわけにはいかないんですから。あなただってそうでしょう? 今ここで、視聴者に対して、あなたに心があることを証明しろって言われたら、どうします?」

「証明する必要なんかないよ。人間はみんな、自分に心があることを知っている。そして、相手は自分と同じ人間だ。だから心があるに違いない——根拠はそれで充分だろう?」

「相手は本当に人間でしょうか? 実物のあなたと会ったことのない視聴者のみなさんには、あなたが実在するのか、単なるCGなのか、区別はつきません」

「僕が実在してることは、みんな知ってるよ」

「それはすでにそういう情報が与えられているからです。あなたをこの番組で初めて知る人にとってはどうでしょう。私だって」と、自分を指さし、「知らない人が見たら、本物の人間だと思うでしょうね」

これはいわゆるチューリング・テストと呼ばれるものと関係してきます。ご存知の方も多いでしょうけど、これはアラン・チューリングという人が一九四〇年代に考えたテストです。別室に人間とコンピュータを置く。判定役の人が、彼らとテレタイプを使ってやりとりして、どっちがコンピュータでどっちが人間かを当てるというものです。このテストをくり返し、もし五〇パーセントの確率でしか当たらなければ、そのコンピュータは完全に人間そっくりに振る舞えるということです。

ここで注意したいのは、チューリング・テストというのはAIが人間にそっくりな思考をしているかどうかを調べるテストじゃないんですよ。人間の考え方をシミュレートできるかどうかということなんです。単にプログラムされた通りの受け答えしかできなかったら、すぐにばれてしまいます。でも、人間ならこういう場合どんなふうに答えるだろうか、と臨機応変に考えられるようなコンピュータだったらチューリング・テストをパスできる。つまり、AI自体は人間らしく考えなくてもいいわけです。人間の思考をシミュレートできるような機械なら知能があると判断していいんじゃないの、というのがチューリングの考えた人工知能の概念です。

## 人間はロボットのゴールじゃない。

ただ、チューリング・テストというのは絶対ではありません。これは『神は沈黙せず』の中で、人工知能学者の和久が、小説家の加古沢との会話の中で言及してるんですが、

「たとえば、今から一億年後ぐらいに、カタツムリが進化して知的生物になったとしよう。コクレア・サピエンス（知恵あるカタツムリ）だな。それがタイムマシンで

現代にやって来て、チューリング・テストを受けたとしよう。もちろん、人間の言葉を学んで、文化についても深く研究したという前提のうえでだよ。でも、このカタツムリがテストにパスするとは思えない。あまりにも異質すぎるからだ。たとえばカタツムリは両性生物だから、男女の愛なんてものは理解できないだろう。だから愛に関する質問をされれば、たちまちトンチンカンなことを答えて、ボロを出してしまう……。

でも、だからと言って、このコクレア・サピエンスには愛がないとか、知性がないなんて結論するわけにはいかない。愛や知性のあり方が僕らとは異質だというだけだ。彼らが小説を書くとしても、その内容は僕らにはチンプンカンプンで、さっき君が言ったように、人間を感動させるなんてできないだろう。でも、彼らはその小説で感動するのかもしれない。

同じことがコンピュータについても言える。コンピュータは人間と何から何まで違ってる。血の流れる肉体も、種族維持の本能も持たない。人前で失敗した時の気まずい気分とか、崖っぷちに立った時のひやりとする感覚、頬に風が当たる感触がどんなものかも理解できない。だからそうしたものについて説明しろと言われても、うまく言えない。その反対に、毎秒何兆回もの演算をこなすというのはどういう感じなのか、人間には想像もつかない。コンピュータが知性を持つとしたら、人間のそれとはまるで異質なものになるのは間違いないだろう。だからチューリング・テストは知性の判定基準にはならない……」

これは僕の信念です。今まで書かれてきたロボットSFはたいてい、ロボットが人間らしくなってゆくというものでした。クーパーの『アンドロイド』は典型的な例だと思います。でも、人間の愛というのはそもそも生殖本能に根差しているんですよ。愛する人を抱きしめたいと思うのは、もともと性欲があるからでしょう。性欲を持たないロボットに相手を抱きしめたいという感情は芽生えるだろうか？　だからといってロボットに性欲を与えるのはもっとまずいですが（笑）。何にせよロボットは人間の持っている男女の愛というものを知識としては知っていても、本質的には理解できない。ロボットが心を持つとしても、その心、感情は、人間とは異質なものになるだろうというのが僕の考えです。

それがテーマになっているのが『アイの物語』です。人間とは異質な心を持つロボットたちが、どのように人間と共存してゆくかという話です。この作品の中で「スカンクの誤謬（ごびゅう）」という言葉が出てきますが、これは『鉄腕アトム』の「電光人間」というエピソードから引用したものです。電光という透明な部品でできた透明なロボットが、スカンク草井という悪人に盗まれて、子供みたいな純粋さゆえに騙されて悪用されるという話なんですが、そのスカンクが、お茶の水博士にこう言うんです。

「アトムは完全ではないぜ。なぜなら悪い心を持たねえからな」

これはどこが間違っているかというと、「人間と同じもの＝完全なもの」と考えているところです。多くの人がそう誤解している。人間そっくりになることがロボットの最終到達点だと思いこんでる。でも人間が完全だなんてことはないですよね。人間というのはものすごく不完全で、それにそっくりな、ましてや悪の心まで持つものが完全だと主張するのは間違いなんです。「完全になる」というのは「人間と同じになる」という意味ではない。

今までのSFに出てくるロボットたちがみんな人間らしくなっていくことに対して、僕は昔からずっと不満に思っていたんです。人間と同じように考えて、人間と同じように喋る。でも、人間とまったく同じように考えるんだったらそれはもうすでにロボットではないんですよね。人間の心を持っている機械、サイボーグと同じものなんです。

ロボットがどうしてロボットであるかというと、ボディが金属でできているかどうかは本質じゃない。やっぱり「心」が人間と違う。そうじゃないとロボットとは言いがたいんじゃないかと思います。たとえばエイトマンなんかは電子頭脳の中に死んだ刑事の精神を移植されている。その場合はロボットと呼んでいいのかどうかためらわれます。むしろサイボーグと呼ぶべきでしょう。

将来ロボットが心を持つとしても、人間と同じ心は持たないだろうと思います。心は持つけどチューリング・テストにパスしないロボットが生まれてくる。そこで大事なのは、さっき述べたように、ロボットに反乱を起こさせないことです。そのためには、ロボットは人間とは異質だというだけの理由で排斥してはいけない。

地球上に人間以外の異質な知的生命体が近い将来生まれてくる。僕らはそれと共存していくことを考えなければならないんです。そうしないと反乱が起きてしまいます。ロボットはたぶん僕らよりも賢明でしょうから、自分からは反乱を起こさないだろうと信じています。

ロボットと仲良くしていく、ロボットと友だちになる、愛し合う——そこには人間と同じような愛はないかもしれません。それでも異質なものを許容していくのが「アイ」である、というのが僕の考えです。

# 第六章　未来に向かって

# 未来は決まっていないから素晴らしい

と学会『と学会年鑑２００２』あとがき

今回のあとがきは、ちょっと真面目なことを書かせていただく。

二〇〇一年の世界を震撼させた大事件と言えば、言うまでもなく、アメリカで起きた同時多発テロだろう。

あの事件を知って僕が真っ先に思ったことは、「ああ、やっぱり人間には予知能力なんてないんだな」ということだった。

だってそうでしょ？　僕の知る限り、予言者、占い師、超能力者、霊能者、教祖を自称する人々の中で、「今年の九月にニューヨークで大きな事件が起きて数千人が死ぬ」なんて予言していた者は一人もいないのだ。本当に予知能力というものがあるとしたら、これほどの大事件なら何万人もの人間が予知していて、事前に警告を発しているはずではないか。

もちろん「そう言えば、前の晩に飛行機が落ちる夢を見た」という人は世界中に何十人もいるだろう。地球上には六〇億もの人間がいるのだから、そのうち一億人に一人が、偶然、前日に飛行機事故の夢を見たとしても、確率的には何の不思議もない。「前の晩」だけではなく、数週間前、数か月前まで範囲を広げれば、飛行機事故の夢を見た人は何千人、何万人という単位になるだろう。そんなのは何の証拠にもならない。

事件が起きてから「実は私は事件を予知していた」などと言い出す卑怯者もいる。オカルト雑誌『ムー』は「本誌が米同時テロを予言!」などと主張していたが、実際に『ムー』のバックナンバーを読み返してみても、それに該当する文章がまったく見当たらない。それどころか「一九九九年八月に地球規模の大異変!」「ヒトラーが復活する」「土星探査機カッシーニが落ちてくる」などなど、今となってはすべてはずれていることばかり書かれている。

そう、「未来は予知できる」と豪語していた連中が全員、敗北したことは疑いようがないのだ。

これほど明確な証拠を突きつけられてもなお、人は予言の正しさを信じようとする。事件の直後、「ノストラダムスはこの事件を予言していた」というデマがネットで流れた。実際にはそれは、今回の事件に合わせてノストラダムスの詩をつぎはぎして作られた偽の予言詩だった。

未来を見ることができるはずだ、という人々の固い信念の裏には、「歴史はすべてであらかじめ定まっている」という思想がある。どんな災害も不幸も戦争も、すべて神のシナリオ通り、人間には変えようがないのだ……というのである。物理の世界では「ラプラスの魔」、オカルトの世界では「アカシック・レコード」と呼ばれる概念だ。

これは二〇世紀以前の古典物理学の思想だ。量子力学の登場によって、「ラプラスの魔」の概念は否定された。

あのアインシュタインでさえ、当初は量子力学を認めることができず、「神はサイコロ遊びをしない」という名言を吐いたという。未来が偶然に支配されているなどとはとんでもない、目には見えないが、きっと神のシナリオが存在するはずだ、と彼は考えたのだ。

しかし、今では量子力学の正しさは完璧に証明されている。アインシュタインは間違っていた。神はサイコロ遊びをするのだ！　世界はシナリオ通りに進む劇ではなく、偶然とアドリブによって構成された即興劇だったのだ。驚くべし、未来がどうなるかは神にも予測できないのである。神に分からないものが、どうして人間に分かるだろう？

そんな思想は受け入れられない、と怖気を震う人は多いだろう。しかし、これは真実なのだ。あなたが普段使っているパソコンや電気製品の中の電子回路も、量子力学の原理によって動作している。我々はすでに量子力学の世界で生きているのだ。それなのになお「神はサイコロ遊びをしない」と信じ続けるのは、おかしな話である。

僕にはむしろ、「神のシナリオ」という思想の方が忌まわしいと思える。今回の事件のような悲惨な出来事、人間の犯すすべての悪事や悲劇さえも、あらかじめ定められていて変えようがないとしたら、神は無慈悲であり、人間は無力であることを意味する。若者のモラルの荒廃を憂い、「今こそ学校で宗教教育を」などと叫ぶ声もある。しかし、多くの宗教が掲げる「神のシナリオ」という概念はそれに矛盾する。なぜなら、すべてが神に定められているとしたら、人間には本当の意味での自由意志は存在しないからだ。幼児を誘拐して虐殺するというおぞましい犯罪でさえ、あらかじめ定められたこと、突き詰めれば神の意志ということになる。そんな世界でどうやってモラルを教えられよう！

幸いにも、そうではない。「神のシナリオ」は存在しない。未来は確定していない。人間の犯す悪は神の定めたことではなく、人間自身の責任である。当然、善もまた、人間自身の意思によって生み出される。

未来は確定していて変えようがないと信じている人々は、未来に対して責任を取りたくないのではないか、みんな神のせいにして責任逃れをしているのではないかという気がする。戦争や悪の台頭、人類の滅亡すらも神のシナリオ通りなら（事実、『ヨハネの黙示録』などはそうした思想で書かれている）、人間がどうあがいても無駄。何もせずに気楽な気分で世界の破滅を待とうよ……と思っているのでは？

もういいかげん、そんな古臭い思想から卒業してもいい頃だ。「人類滅亡」と騒がれた一九九九年が過ぎ、二〇〇〇年が過ぎた。今や二一世紀なのだ！

未来は決まっていないから素晴らしい、と僕は思う。もちろんテロのような忌まわしい事件も起きるけれど、未来が決まっていないということは、人間の努力しだいでそうした事件を阻止できることも意味するのだから。

「いくら神を信じていようと、ビルを爆破したり毒ガスを撒いたりして、大勢の人の生命を奪う行為は、本当の信仰ではありません。そうしたことをする人たちは、本当の神を見失っているのです。教祖の命令や聖書の言葉に従うのではなく、自分自身の魂に訊ねてみさえすれば、それが誤った行為であることはすぐに分かったはずです」

これは僕が『妖魔夜行／戦慄のミレニアム』（角川スニーカー文庫）の中で、登場人物の一人に言わせた言葉である。奇しくも、今回のテロ事件の予言（予知という意味ではなく）になってしまった。

僕は無神論者だが、良心というものを信じている。悪に対して怒りを覚え、悲劇に対して心痛める人間でありたいと願っている。神に責任を押しつけたくない。神の意志ではなく、自分のモラルで行動したい。だから神を信じない。

子供に宗教教育をするなら、こうしたことを教えて欲しいと切に願うのである。

# 人類は進歩している

と学会『と学会年鑑ＢＬＵＥ』あとがき

フィクションというやつは、その時代の風潮をよく現わしている。

先日、『空中都市００８／竹田人形座の世界』（ＮＨＫ）というＤＶＤが発売された。一九六九年よりＮＨＫで放映された小松左京原作のＳＦ人形劇『空中都市００８』が収録されている。

ご存知の方も多いと思うが、ＮＨＫは昔の番組のビデオをほとんど消してしまっており、『００８』も本編の映像は残っていない。しかし、一九七〇年一月に正月特番として放映されたエピソード「北極圏ＳＯＳ」だけは、フィルムで製作されていた。僕は何年も前から、「『北極圏ＳＯＳ』のフィルムはＮＨＫの倉庫のどこかに眠っているはずだ」と主張していたのだが、予想通りそれが発見され、今回のＤＶＤ化となったわけである。

時代設定は二〇〇四年（来年だ！）。国際協力によってベーリング海峡に巨大なダムを建設、北極海からの寒流をせき止めるとともに、マグマの熱を利用して北半球を温暖化、利用可能な土地を広げようという「スプリング計画」が進行していた。ところが大地震の発生でダムが決壊、子供たちを乗せて見学に来ていた原子力客船008号が流出した氷山に閉じこめられてしまう……というお話。さすがに『サンダーバード』などに比べると特撮シーンは稚拙な印象があるが、メカデザインはいいし、SF考証もびっくりするほど正確、テンポも良く、今見ても面白い。

しかし、当時を知らない若い人たちが、このストーリーを見てどう思うかが気になる。ただでさえ地球温暖化の危機が叫ばれているというのに、わざわざ地球環境に大規模な改造を加え、温暖化しようというのである。トンデモない環境破壊ではないか⁉︎

いやいや、それはあくまで現代人の感覚だ。この番組が作られた六〇年代末の感覚は、今とはまったく違っていたのである。

ベーリング海峡ダムのプランは実際に存在した。一九五九年、ソ連の地質学者ボリソフ技師が提案したもので、北極海からの寒流をせき止めれば暖かい黒潮がシベリアやアラスカ沿岸まで流れこみ、北半球が暖かくなる、という発想だった。このプランはけっこう真剣に論議されたらしい。当時の雑誌記事によれば、アラスカ州のイーガン州知事がハーター国務長官に「共同研究を考慮しては」という手紙を送ったというし、ソ連国内でも「ダム建設は水力工学上のロケットなり」（科学アカデミー・アレクサンドロフ準会員）などと、応援する声が高かったという。

『空中都市００８』が作られたのは、それから一〇年後。ドラマの中では、老婆が「自然に手を加えようとしたので神がお怒りになった」とおびえるシーンがあるものの、誰一人として「環境破壊」を口にしない。むしろ「スプリング計画」は科学の勝利として、肯定的に描かれている。

確かに一九七〇年頃には、公害や環境破壊が社会問題になりはじめていた。しかし、まだ環境保護という概念はそれほど浸透しておらず、番組製作者たちも「科学の力で環境を改造する」というプランを当然のものと考えていたのである。

それが劇的に変化するのは、七〇年代初頭の数年間だ。フィクションの世界を見ると、七一年には公害怪獣ヘドラが暴れ回る『ゴジラ対ヘドラ』が公開、やはり公害怪獣が次々に出てくる『宇宙猿人ゴリ』（『スペクトルマン』）が放映開始。七三年になると、石油ショックによる不安な世相を背景に、暗黒の未来世界を描写した『ソイレント・グリーン』『赤ちゃんよ永遠に』といった映画が公開、そして五島勉『ノストラダムスの大予言』が大ヒット……と、バラ色の未来像から一転して、「終末ブーム」が押し寄せてくる。七四年放映の『ウルトラマンレオ』の主題歌に、「地球の最後が来るという」というフレーズが出てくるのは、そうした時代背景があるからなのだ。

そう、現代の日本人の多くが当然のことと思っている「環境破壊は地球の危機を招く」という認識は、ほんの数年で浸透したのである。

こうした劇的変化は、他にも数え上げればきりがない。たとえば昔のマンガや特撮作品を見ると、被爆国であるはずなのに、核兵器や放射線障害に対する認識があきれるほど無頓着であったことに気づく。『ウルトラマン』の第二話では、バルタン星人を攻撃するのに、核ミサイル「はげたか」を東京のど真ん中でぶっ放していたし、映画『ノストラダムスの大予言』の中では、放射能を浴びたニューギニアの原住民が、ゾンビのような人喰い人種になって襲ってくるというシーンがある。どちらも現代の感覚では信じられないことだ。

しかし、現代の視点から当時の製作者を責めるのは間違いである。彼らはその時代の感覚に従って作品を創っていただけなのだ。

よく現代社会を憂い、「昔は良かった」と口にする人がいる。しかし、その「良かった」時代とはいつのことなのだろう?

歴史をさかのぼれば、奴隷制度や身分制度、性差別や民族差別が当然のことだった時代もある。戦争が良いことだとされていた時代もある。権力者に対する批判を口にするのが死に値する罪だった時代もある(今でも一部の国ではそうだ)。

それらは悪いことだった。人間はそれに気づき、改めていった。一歩ずつではあるが、世界は進歩してきている。昔よりは良くなっているのだ。

もちろん、今の時代が最高だとは、口が裂けても言わない。この原稿を書いている最中(二〇〇三年四月三日)も、イラク戦争が続行中である。兵士や民間人が次々に死んでゆくことを思うと、どうしても気分が鬱になってしまう。

人間にはまだまだ愚かな点がいっぱいある。

しかし、戦争でさえも昔よりはましになってきている。数十年前まで大国が平然と行なっていた、民間人を巻きこんだ無差別爆撃は、今や世界的な非難を浴び、できなくなっている。多くの規制によって、戦争行為がどんどん窮屈になってきているのだ。このままで行けば、数十年後には戦争はなくならないまでも、かなり面倒なものになり、犠牲者も減ることだろう。

夢物語だろうか？　僕はそうは思わない。三〇年前の一九七三年頃、「人類は環境汚染で二一世紀までには滅びる」と言われていた。しかし、そうはならなかった。人々が自らの愚かさに気づいて認識を改め、公害防止や環境保護に力を入れてきたからだ。我々がスモッグで窒息死もせずに、ここにこうして生きているのは、まさに人類の勝利なのだ。

僕は未来に希望を抱いている。数十年後の人間は今よりもずっと賢明に違いないから。

## 僕たちの好きな破滅　『デイ・アフター・トゥモロー』原作本を読んで

この本、オビには「『デイ・アフター・トゥモロー』原作本」と書かれているが、原題も違うし、映画の方では原作としてクレジットされていない。単にヒントを得ただけなのだそうだ（最近では「インスパイアされた」という便利な言い方もあるが）。

まず事実から述べておく。地球温暖化によるカタストロフの危機が迫っているのは本当である。ここ三〇年間、北極の気温は上昇しており、アラスカやグリーンランドの氷河の融解が進んでいることや、北極圏の海氷の面積が一〇年ごとに三パーセントの割合で減少していることが確認されている（『日経サイエンス』二〇〇四年二月号「とける北極」）。

氷が太陽光線をほとんど反射するのに対し、地面や海水は太陽熱をよく吸収する。そのため、両極の氷原が大規模に崩れて地面や海面が広く露出しはじめると、極地の気温が上がってさらに氷が溶ける。「いったん始まったら、それを止めることなどできない」と、NASAゴダード宇宙科学研究所のJ・ハンセンは言う（『日経サイエンス』二〇〇四年六月号「地球温暖化の時限爆弾を止めろ」)。

「南極の氷が溶けたら海面が上昇し、低い土地が水没する」とよく言われているが、実はそんな程度のことでは済まない。極地の気温が急変すれば、地球全体の気象のバランスが一気に崩れ、世界的な異常気象が起きるだろう。全世界が雲に覆われれば、今度は気温が急低下し、新たな氷河期を迎えることにもなりかねない。

ただ、それがどんな規模で、いつ起きるのか、専門家にも分からないのが現状だ。気象というのは複雑な現象で、多くの要因がからみ合っているため、一〇〇パーセント信頼できるモデルなどまだ完成していないのだ。ハンセンは「氷床の崩壊が加速する要因が揃うには、おそらく何世紀もの長い時間がかかる」と述べているが、もっと早く起きる可能性もある。

温暖化の原因として二酸化炭素ばかりがクローズアップされているが、化石燃料などを燃やした際に発生するエアロゾル（微粒子）の影響はまだ未知数だ。エアロゾルには熱を吸収して気温を上げる働きと、雲を増やして太陽光線をさえぎり気温を下げる働きの両方があり、どちらの要因が強く働くのか予測できない。もしかしたら、エアロゾルの増加が温暖化にブレーキをかけるので、たいしたことにはならないという可能性だってある（もっとも、それに賭けるわけにはいかない。間違っていたら取り返しがつかないからだ）。

この本の二三章で著者たちは、専門家が迫り来る破滅に対して警鐘を発しようとしないことを批判している。しかし、これはアンフェアというものだ。良識ある科学者なら、まだ根拠がはっきりしないうちから、世間を騒がすような発表などできるはずがない。

それなのに――本職の気象学者たちでさえデータ不足で結論を出せないでいるというのに、あたかもすべて決定済みであるかのように、破滅のシナリオを詳細に提示してみせるこの著者たちは、いったい何様だ？

二人とも科学者ではない。科学とは対角線上の世界に住む人間だ。アート・ベルは、UFOや超常現象を扱うラジオ番組のホスト。共著者のホイットリー・ストリーバーは、異星人にアブダクションされたことがあると称する作家。八七年に発表された体験談『コミュニオン』（翻訳は扶桑社）はベストセラーになり、映画にもなった。

まあ、オカルト本の著者が現代科学を否定したり、科学者を嘲笑したりするのは毎度のことだ。しかし、敵であるはずの科学者の発言から都合のいい部分をつまみ食いして、自分たちの論拠に利用するダブルスタンダードは、どうかと思う。

当然、本の内容は科学的にはかなりずさんだ。ほんの一例を挙げるなら、地球と太陽の距離が「今より数千キロ離れていたら、地球は凍りついていただろう」（二九ページ）というのは、むちゃくちゃもいいところである。一万キロ離れたって、太陽からの熱は〇・〇一三パーセント減るだけだ。そもそも地球の軌道は楕円なので、地球と太陽の距離は一年に五〇〇万キロも変化しているのだが。

あきれるのは、ベルとストリーバーが、超古代文明の存在を信じていることだ。かつてロケットやホログラムを持つほどの高度な文明が栄えていたのだが、八〇〇〇年前に起きた地球規模のカタストロフによって滅びたのだという。明らかにベストセラーになったグラハム・ハンコックの『神々の指紋』の焼き直し——というか、オカルト業界ではしょっちゅう蒸し返され、カビの生えた説にすぎない。

新味といえば、破滅の原因が両極の温暖化によって生じた「スーパーストーム」だと主張している点ぐらいだ。巨大なブリザードが地球の広い範囲で吹き荒れ、動植物を一瞬で凍死させたという。だが、もし八〇〇〇年前という地質学的にはつい最近に、地球上の生物の大半を死滅させるような大異変があったなら、その証拠がはっきり残っているはずだ。

著者たち自身、「約八〇〇〇年前の堆積物や層を調べるために氷床から筒状に抜き出した雪氷コアから、スーパーストームが起こったことを示す証拠は見つかるだろうか？」（二三八ページ）と疑問形で書いているのは、まさにそんな証拠などないことを彼らがよく知っていることを示している。南極各地で採取された氷コアの分析によって、過去四〇万年間の気候変動は克明に分かっているのだ。確かに八〇〇〇年前に気温が低下した時期があったが、氷河期ほどではないし、生物の大量絶滅も確認されていない。

ベルとストリーバーが唯一、提出している地質学的証拠らしきものといえば、シベリア各地で見つかっているマンモスの冷凍死体ぐらいのものだ。これはスーパーストームによって瞬間的に凍結したものだというのだ。

しかし、ここで彼らは重大な情報を読者に隠している。マガダンで発見されたマンモスの冷凍死体は四万四〇〇〇年前のもの、テレクチャフのマンモスは三万五〇〇〇年前、タイミールのマンモスは一万一五〇〇年前——いずれも八〇〇〇年前の異変で死んだものではない。自然にできた穴に落ちたり、局地的な洪水や土砂崩れに遭遇して、地下に埋もれたものにすぎないのだ。永久凍土地帯では、草が豊富な夏でも地中は氷点下なので、埋もれた死体は凍結保存されるのだ。

そう、この本はインチキ本である。オカルト屋の二人が、地球温暖化の危機に便乗して金を稼ぐために、ついでに「超古代文明」などというオカルト思想を広めるために書いたプロパガンダの書なのだ。

それで思い出すのは、やはり五島勉『ノストラダムスの大予言』(祥伝社・一九七三年)である。あの本も、当時クローズアップされていた環境問題や核戦争の危機に便乗し、オカルト・ブームの尻馬に乗って、人々の不安をあおることで大ヒットした。

まず確実に間違っていると断言できるのは、映画にせよ、この本にせよ、カタストロフがある日突然襲ってきて、ほんの数週間で人類文明が壊滅的な打撃を受けるとしていることだ。実際には、異変は何年もかけて進行するだろう。深刻なのは、(映画で誇張して描かれている)洪水やブリザードや台風それ自体の被害ではなく、慢性的な異常気象がもたらす飢餓や、世界経済への致命的打撃だ。それらは地味すぎてハリウッド映画の題材にはならないだろうが、最終的に何億もの人命を奪うことになるという点で、まぎれもなくカタストロフと言える。

しかし、僕たちはそんなものは求めていない。ただでさえ現実は不景気なのに、さらなる不景気なんて、誰が見たいものか。観客がスクリーンに期待するのは、じわじわと進行する陰鬱な破滅ではなく、宇宙人の侵略や小惑星の衝突や核戦争やスーパーストームという、ド派手で景気のいい破滅なのだ。高層ビルが崩れ、大勢の人間が死に、世界があっけなく滅びてゆく光景を見て、「こわいこわい」と言いながら、ジェットコースターのような興奮を味わいたいだけなのだ。

ノストラダムスが受けたのも「一九九九年七月」という明快なタイムスケジュールを提示してみせたからだろう。そう、破滅に一か月以上かけてはいけない！　滅びる時にはすっぱり滅びるべきなのだ！

しかし、やはりそれは現実逃避である。本物の破滅とは、そんなさっぱりしたものではない。破滅は派手な閃光も大音響もなく、ずるずるとやって来るだろう。僕らは先の見えない不景気に何年も何年も苦しめられ、飢えながら情けなく死んでゆくだろう。

それが嫌なら、今のうちにこの問題に関心を抱くべきだ。『ノストラダムスの大予言』がヒットした一九七四年頃、「人類は環境汚染で今世紀末には滅亡する」と言われていた。そうならなかったのは、人々の環境問題に対する関心が大幅に高まったことと、有害な排出物を減らす技術が進歩したことだ。

同じことが今も言える。破滅を防ぐのは「問題への関心」プラス「科学への信頼」だ。現実から目をそむけて、オカルトや超古代文明やＵＦＯを信じたところで、大気中から一ppmの二酸化炭素も減らせない。

繰り返すが、地球温暖化は本当に深刻な問題なのだ。これからデータが蓄積して、信頼できるシミュレーションが完成すれば、科学者たちが予測を語り出すだろうから、それに耳を傾けておいた方がいい——ペテン師のオカルト屋の言葉なんかじゃなく。

## 単行本のための追記

映画『デイ・アフター・トゥモロー』の「原作」として発売されたアート・ベルとホイットリー・ストリーバーの『デイ・アフター・トゥモロー』（メディアファクトリー）の書評である。本文中にも書いたように、本書の原題は『The Coming Global Superstorm』であり、厳密には原作ではない。

「科学者たちが予測を語り出すだろう」と予言した通り、二〇〇七年二月に、世界の専門家からなる国連のＩＰＣＣ（気候変動に関する政府間パネル）が、「二一世紀末に地球の平均気温は最大で六・四度上昇」「今後、台風やハリケーンの威力が強まる」「猛暑や熱波、豪雨の頻度が増える可能性がかなり高い」という予測を発表。人間活動が温暖化を起こした可能性は九〇パーセント以上としている。地球温暖化はいよいよ真剣に考えなくてはならない問題になってきたようだ。

# 1か0かでは割り切れない

と学会『と学会年鑑YELLOW』あとがき

「ヒトの思考はデジタル的である」

これは最近書いた小説の中で、AI（人工知能）に言わせた台詞（せりふ）である。人間は1か0か、白か黒かのデジタル的思考で考えたがる。右でないものは左であり、左でないものは右である。中間は存在しない。ファジィや集合という概念を理解できない。そんな人間の考え方が、論理的に思考するAIには、ひどく奇妙に見えるのだ。

と学会の活動をやっていて実感するのは、人間の多様性である。人間はありとあらゆることを思いつき、ありとあらゆる信念を抱き、ありとあらゆることを実行する。「そんなことを考える人がいるのか！」「そんなことを本当にやってるのか！」と驚くことが多い。

と学会という集団からして、ひと口にくくれない、種々雑多な人間の集まりである。科学者もいれば占い師もいる。作家もマスコミ関係者も技術者もサラリーマンもいる。

本書を読んでいただければお分かりのように、各自の興味の対象、守備範囲もまちまちだ。「と学会員は○○だ」と定義しようとしても、必ずその定義からはずれる者がいる。と学会にかぎったことではない。あなたの属しているサークルなり組織なりを見回していただきたい。人それぞれに個性があるはずだ。意見の対立だってあるだろう。ある集団の全員が同じ性格で、同じ考えの持ち主であるはずがない。だが、僕らは（僕も、もちろんあなたも）、それをしょっちゅう忘れてしまう。知識として知ってはいても、実生活に応用できない。

たとえば、自分の妻が時間にルーズだからといって、つい「女ってやつは時間にルーズだ」と言ってしまう。時間にルーズでない女性はいくらでもいるのに、ごく少数の例を三〇億人もいる「女性」という集団全体に平然と当てはめる。「最近の若い奴は」「右翼は」「左翼は」「○○人は」「△△ファンは」「××大学出の奴は」……こうした主語を用いた文章はたいてい、その集団に属する一部の人間のみを観察した結果に基づいている。つまり偏見である。

二〇〇六年の二月、「世界に最も良い影響を与えている国は日本」というニュースが流れた。米メリーランド大学と英BBCが共同で行なった世論調査で、世界三三か国、四万人を対象にアンケートを取ったところ、「世界に良い影響を与えている」という回答が最も多かったのが日本で、三三か国中三二の国で、「良い影響を与えている」という評価が「悪い影響を与えている」を上回った。この結果は、日本人としておおいに誇っていいことではないかと思う。

日本が「悪い影響を与えている」という回答が半数を上回ったのは、韓国と中国のみ。日本が「良い影響を与えている」と答えた人は、韓国では四四パーセント、中国では一六パーセントでしかなかった……。

当然、「やっぱり中国人や韓国人は日本が嫌いなんだ」という結論が導き出せる。しかし、僕はこの結果がちょっと意外だった。この調査結果を信じるなら、日本嫌いと言われる韓国人の半数近く、中国人の六人に一人が、日本に好感を持っていることになる。ちょっと前に『中国人の９９・９９％は日本が嫌い』という題の本を見かけたのだが、あれって嘘なのか、と。

そう、ひと口に「中国人」と言っても、考え方は多種多様。日本嫌いの人が大半なのは事実でも、そうでない人もいる。たかが人口の一六パーセントといっても、約二億人だ。

僕らはすぐにその事実を忘れる。「○○人は××だ」と言う時、その主語は実際には「一部の○○人は」もしくは「多くの○○人は」なのに、すべての○○人を指すと思ってしまう。「○○人は××だ」という定義に当てはまらない、何百万という人間の存在を無視してしまう。

さらに、「××」の部分に「敵」「悪」が入ると、悲惨な結果を生む。その集団に属する者を（たとえ子供であっても）殺すのが正しいことなのだと信じてしまう。

これを僕は、すべての人間の脳に共通して存在する欠陥ではないかと思っている。その欠陥が、多くの悲劇の原因となっているのではないかと。

今、世界を騒がせている「ムハンマド風刺漫画問題」もそのひとつだ。イスラム教では偶像崇拝が禁じられているというのに、預言者ムハンマドの姿を描いたというのも問題だが、イスラム教全体がテロを肯定しているかのように表現したのも言語道断だ。実際にはテロを容認しない穏健派イスラム教徒も多い。イスラム教徒が腹を立てるのは当然だ。

ところが、怒ったイスラム教徒たちの行動もまずかった。漫画を描いた漫画家個人や、掲載した新聞社に抗議するなら分かるが、怒りの対象を西欧キリスト教社会全体に拡大してしまった。パキスタンでは、ケンタッキー・フライド・チキンやマクドナルドの店舗が放火され、八歳の男の子が銃で撃たれて死んだ。

いったい、八歳の子供にどんな罪があったというのだろうか。

当然、こうしたニュースを見た者の中には、「イスラム教徒はこわい」と思ってしまい、イスラム教社会全体に対する憎悪をつのらせる者も出てくるだろう。そんな過激な行動をしているのは、一部のイスラム教徒だけだというのに。

こうして合わせ鏡のように憎悪が増幅されてゆく。

今度、あなたが「〇〇人は」という主語を使われる際には、それが正しくは「多くの〇〇人は」「一部の〇〇人は」であることを思い出していただきたい。そして、「〇〇人」の中に含まれているはずの、平和を望む人々や、何の罪もない大勢の幼い子供たちのことを考えていただきたい。それだけのことで、世界はもう少し良くなるはずである。

# 夢を現実にする魔法

山本弘他『人類の月面着陸はあったんだ論』あとがき

近代ロケットの歴史を語る際、「先駆者」と呼ばれる人物が三人いる。ロシアのコンスタンチン・ツィオルコフスキー（一八五七－一九三五）、アメリカのロバート・H・ゴダード（一八八二－一九四五）、ドイツのヘルマン・オーベルト（一八九四－一九八九）だ。

ツィオルコフスキーは自分ではロケットは作らなかったものの、ロケットの噴射速度と質量比で最終到達速度が決定するという「ツィオルコフスキーの公式」を発表した。多段式ロケット、人工衛星、液体水素と液体酸素をロケット燃料に用いるアイデアも、彼が唱えたものだ。

NASAのゴダード宇宙センターの名の由来となっているゴダードは、一九一九年に発表した論文の中で、ロケットを月まで飛ばすための方程式を示した。一九二六年には、マサチューセッツ州オーバーンの農場で、世界初の液体燃料ロケットを打ち上げた。もっとも、飛行時間二・五秒、最高高度一二メートルというおもちゃのような代物だったが。

ヘルマン・オーベルトは一九二三年、『惑星空間へのロケット』という本を執筆、当時のドイツの青少年に宇宙飛行への夢を吹きこんだ。一九二七年、オーベルトに影響された人々がVfR（ドイツ宇宙旅行協会）という団体を結成、ベルリン郊外に実験場を作ってロケットの研究をはじめた。

彼らは当時、「変人」「愚か者」とみなされていた。自分ではロケットの理論を何も知らないくせに、「人間が月に行くなんてできるわけがない」「不可能だ」「気が狂っている」と決めつける（現代の副島氏のような）人が大勢いた。

一九二〇年、ニューヨーク・タイムズ紙はゴダードを笑いものにする社説を掲載した。その中では、ロケットは真空中では反動が得られないのだから推進できるはずがないと書かれ、「ゴダードは高校生程度の知識すら持ち合わせていない」とバカにされていた。もちろんこれは、社説の方が間違っている。ロケットは（現代でも副島氏が信じているように）空気を押して進むのではなく、ガスを噴射した反作用で進むのだから、真空中でも加速できるのである。

一九二六年にはA・W・ピッカートン教授が、爆発物から得られるエネルギーではロケットが地球から脱出するのは不可能であるという論文を発表した。一九四一年にはJ・W・キャンベル教授が雑誌記事の中で、一ポンドのペイロードを地球から月まで往復させるには、発射時のロケットの重量は一〇〇万トンにもなると主張した。そうした批判者たちは、いずれも初歩的なミスを犯していた。ピッカートンはロケットは燃料を使うにつれて軽くなることに気づいていなかった。キャンベルはとてつもなく効率の悪いロケットを想定していた。正しい方程式はツィオルコフスキーやゴダードの論文に載っていたのだが、彼らはそれを読んでいなかった。

だが、ゴダードらの理論を正しく理解している人も少なくなかった。

ドイツ宇宙旅行協会の発足時のメンバーの一人に、当時一六歳の高校生がいた。中学時代にオーベルトの本を読んで感銘を受けた彼は、仲間たちとともに熱心にロケット技術を学んだ。この少年こそ、のちにナチス政権下のドイツで世界初のミサイル兵器V2を作り、戦後はアメリカに渡ってロケット開発の中心的人物となり、ついにはアポロを月に送ったヴェルナー・フォン・ブラウンである。

一九六九年、ツィオルコフスキーとゴダードはとっくにこの世を去っていたが、オーベルトはまだ存命で、弟子のフォン・ブラウンが自分の夢を実現するのを目にした。アポロ11号が月へ向かって出発する一月前の一九六九年六月、ニューヨーク・タイムズ紙は間違いを認め、ゴダードを嘲笑した四九年前の社説を撤回すると発表した。

最後に勝利したのは「愚か者」と呼ばれた人々だった。

彼ら三人の先駆者は、ただの夢想家ではなかった。「月に行ければいいなあ」とぼんやり願っていただけではなかった。熱心に勉強し、資料を調べ、様々な方法を模索し、検討し、計算して、月への飛行が理論的に可能であると証明してみせた。ゴダードとオーベルトは自分たちでロケットを作り、実験を重ねた。フォン・ブラウンをはじめとする彼らの後継者たちも同じである。彼らの信念は単なる願望ではなく、理論と計算と事実に裏打ちされたものだった。

世の中には実現不可能な夢もある。英語でSquaring the circle（円を正方形にする）というのは、「不可能に挑戦する」という意味である。「コンパスと定規だけを用いて円と同じ面積の正方形を作図する」という問題は、数学的に不可能であることが証明されている。「コンパスと定規だけを用いて任意の角を三等分する」という問題も同じである。これらの問題は決して解けないことが分かっている。にもかかわらず、それに挑戦して貴重な人生を無駄にする人が跡を絶たない。「数学的に不可能」というのは、人間がいくら努力しても不可能なのだということを、彼らは理解できない。

月への飛行は違う。それが理論的に不可能ではないことは、すでに一九世紀にツィオルコフスキーが示していた。ゴダードもオーベルトもフォン・ブラウンも、多くのNASA関係者たちも、それが可能だと知っていたからこそ、ゴールを目指して力強く前進することができた。

不可能ではないことは、努力すれば実現する。

地球上に誕生し、何十億年もかかって進化してきた生命体が、初めて地球を離れ、他の天体の上に立った——それは地球の歴史の中でも最大の偉業と呼べるものではないだろうか。僕らは人類の一員として、いや地球上に生まれた生命の一員として、それを誇りに思うべきではないか。とてつもない夢物語が現実になった記念すべき時代に生まれたことに感動すべきではないのか。

夢を実現するには、夢を叶えたいという強い意志だけではだめなのだ。何が可能で何が不可能かを見きわめるための、正しい知識、正しい考察が不可欠なのだ。「……だったらいいな」とか「……だろう」といういいかげんな態度では、夢は現実にならない。

可能性を信じ、前進を続ければ、いつか夢は現実になる——ツィオルコフスキーからアポロ計画にいたるロケット研究の歴史は、それを僕たちに教えてくれる。

# あとがき

二〇〇四年、長編『神は沈黙せず』（角川書店）を出版した時のこと、ネットなどの評でこう書いている人が何人もいた。

「と学会会長の山本弘がついに小説を書いた！」

だったらこれまで書いてきた『時の果てのフェブラリー』とか『サイバーナイト』とか『ギャラクシー・トリッパー美葉』とか『妖魔夜行』（いずれも角川スニーカー文庫）とか『サーラの冒険』（富士見ファンタジア文庫）とかは小説じゃないんでしょうか？（笑）

実際、「と学会会長・山本弘」を知っている人の多くは、「小説家・山本弘」「ゲームデザイナー・山本弘」のことを何も知らないらしい。ゲームマニアにしても似たようなもので、前にゲーム関係のイベントでファンに挙手をお願いしたら、『サーラの冒険』を読んでいる人は大勢いたのに、『アイの物語』（角川書店）を読んでいる人はほとんどいなくてガックリきた。当然、『アイの物語』で初めて僕のファンになった人は、トンデモ本研究のことや、ライトノベルやゲーム関係の著作については何も知らないと思われる。

今回、河出書房新社さんのご厚意で、これまで書いてきた本のあとがき、解説、講演録、エッセイなどをまとめて、初のエッセイ集を出させていただくことになった。いざ集めてみて、「よくこんなに書いたもんだな」と、自分でも驚いた。本の総ページ数の関係で、多くの原稿をカットしなくてはならなかった。その分、本当に面白い文章だけを厳選したものになっていると自負している。

話題はバラエティに富んでいる。自分の作品の裏話、疑似科学やトンデモ本の話、怪獣映画や変身ヒーローものの話、SFの話、メディアや社会情勢の話……さらに今回は、これまであまり語らなかった私生活についても書き下ろした（第三章）。

特に連続性はないので、どんな順序でお読みいただいてもかまわない。目次を見て、あなたの興味を惹いたページから読みはじめていただきたい。その後で、他のページにも目を通していただきたい。あなたの知らなかった山本弘の別の面を知るきっかけになると思う。

いい歳して子供向けのアニメや特撮番組に熱くなる一方、戦争やテロのニュースに胸を痛め、人類の未来を真剣に憂えている。大バカなギャグや悪ふざけをこよなく愛する一方、物理学や宇宙開発に興味を持ち、最新の科学のトピックスに常に目を光らせている。テレビにはびこるニセ情報やインチキ超能力を糾弾する一方、UFOやオカルトの話が大好きだ。二次元の美少女たちを愛でる一方、家庭では妻を愛する夫であり、娘を愛する父親である……。

それらはバラバラでとりとめがないように見えるが、実は密接に結びついている。一例を挙げれば、二〇〇六年に発表した『アイの物語』である。バーチャル・リアリティと人工知能を題材にしたこの小説の原点は、僕がこれまで親しんできた、『鉄腕アトム』をはじめとするロボットの登場するマンガやSF小説であり、『スター・トレック』のようなSFドラマだ。物語の設定を支えているのは、科学への深い関心だ。登場人物が若い女性や女性型アンドロイドばかりなのは、もちろん美少女が大好きだからだ。アンドロイドたちの人間への視点は、トンデモ本研究がヒントになって生まれたものだ。そして物語のテーマに重大な影響を与えたのは、妻との結婚生活だ。

どの要素を切り離しても、『アイの物語』は成立しない。ごたごたした要素をすべてひっくるめたのが僕であり、僕の作品群なのである。

あなただってそうじゃありません？　一見すると矛盾するように見えるいくつもの側面を併せ持っているんじゃありません？

宇宙よりも広くて深いのは人間の心だ――と、『超人機メタルダー』のオープニングでささきいさおが歌っているのは正しい。一人の人間の心は深くて恐ろしく複雑だ。そして何十億もの人間が集まってできているこの世界は、気が遠くなるほど複雑怪奇だ。

だからこそ人間は面白いし、世界は面白い。

二〇〇七年六月四日

山本 弘

# 初出一覧

## 第一章

一読者としてのあとがき　山本弘著・安田均原案『ゴーストハンター　ラプラスの魔』（角川スニーカー文庫、二〇〇二年）あとがき
あとがきの三つの顔　山本弘『時の果てのフェブラリー』（角川スニーカー文庫、一九九〇年）あとがき
ノヴェライズはこうして書かれる　山本弘著・安田均原案『ゴーストハンター　パラケルススの魔剣謀略の鉤十字』（角川スニーカー文庫、二〇〇二年）あとがき
リレー小説はこうして生まれる　安田均他『ミラー・エイジ』（角川書店スニーカーブックス、一九八八年）あとがき
この話を書くのは辛かった　山本弘『ソード・ワールド・ノベル　幸せをつかみたい！　サーラの冒険⑤』（富士見ファンタジア文庫、二〇〇五年）あとがき
〈ソード・ワールド〉とラプラスの魔　山本弘『ソード・ワールド・ノベル　やっぱりヒーローになりたい！　サーラの冒険⑥』（富士見ファンタジア文庫、二〇〇六年）あとがき

## 第二章

とはトンデモのと　と学会『トンデモ本の世界』（洋泉社、一九九五年）まえがき

人生を決めた古典的名著　マーチン・ガードナー『奇妙な論理　I』（ハヤカワ文庫NF、二〇〇三年）解説
ノストラダムスはロールシャッハ・テストである　山本弘『トンデモノストラダムス本の世界』（洋泉社、一九九八年）あとがき
ノストラダムスはバレンタインデーである　山本弘『トンデモ大予言の後始末』（洋泉社、二〇〇〇年）あとがき
テレビはあなたを騙している！　皆神龍太郎・志水一夫・加門正一『新・トンデモ超常現象56の真相』（太田出版、二〇〇一年）解説
目に飛びこんだウロコの話　と学会『トンデモ本の世界S』（太田出版、二〇〇四年）あとがき
書くことは恐ろしいこと　と学会『トンデモ本の世界T』（太田出版、二〇〇四年）あとがき

第三章

大阪府で三番目ぐらいに幸せな家　単行本書き下ろし、二〇〇七年

第四章

悪役というお仕事　山本弘『ソード・ワールド・ノベル　悪党には負けない！　サーラの冒険②』（富士見ファンタジア文庫、一九九二年）あとがき
時代をゼロに巻き戻せ！　開田裕治編集『特撮が来た！』（同人誌、二〇〇〇年）
愛って何なんだ？——こうあるべきだった『コスモス』　開田裕治編集『特撮が来た3』（同人誌、二〇〇一年）
愚か者たちに栄光あれ！　山本弘『山本弘のトワイライトTV』（洋泉社、二〇〇三年）あとがき
あばたがかわいい女の子の話　と学会『と学会年鑑GREEN』（楽工社、二〇〇六年）あとがき

第五章

SFはこんなに面白い！　山本弘『トンデモ本？違う、SFだ！』（洋泉社、二〇〇四年）まえがき
クラシックだから面白い　山本弘編『火星ノンストップ』（早川書房、二〇〇五年）まえがき
萌えて燃えるハードSF　野尻抱介『ベクフットの虜』（ハヤカワ文庫JA、二〇〇四年）解説
宇宙はくりまんじゅうで滅びるか？　『ぼく、ドラえもん。』16号（小学館、二〇〇四年）
ケイロン人社会と「囚人のジレンマ」問題　J・P・ホーガン『断絶への航海』（ハヤカワ文庫SF、二〇〇五年）解説
タイムトラベルSFとして見た『戦国自衛隊』　『戦国自衛隊パーフェクトBOOK』（世界文化社、二〇〇五年）
SFにおける人間とロボットの愛の歴史　『SFマガジン』二〇〇七年二月号（早川書房）

第六章

未来は決まっていないから素晴らしい　と学会『と学会年鑑2002』（太田出版、二〇〇二年）あとがき
人類は進歩している　と学会『と学会年鑑BLUE』（太田出版、二〇〇三年）あとがき
僕たちの好きな破滅――『デイ・アフター・トゥモロー』原作本を読んで　『映画秘宝』二〇〇四年七月号（洋泉社）
1か0かでは割り切れない　と学会『と学会年鑑YELLOW』（楽工社、二〇〇六年）あとがき
夢を現実にする魔法　山本弘・植木不等式・江藤巌・志水一夫・皆神龍太郎『と学会レポート　人類の月面着陸はあったんだ論』（楽工社、二〇〇五年）あとがき

# 解説

町山智浩

表題作「宇宙はくりまんじゅうで滅びるか?」は、藤子・F・不二雄先生の『ドラえもん』に登場する「バイバイン」という薬についての考察で、文庫本でわずか五ページのエッセイだが、これが見事なSFになっている。

自分は「スーパーマンの子孫存続に関する考察」(一九六九年)を思い出した。それは『リングワールド』などのSF作家ラリイ・ニーヴンが、「弾よりも速く、機関車よりも強く、高いビルもひとっ飛び!」のスーパーマンが恋人のロイス・レイン(普通の地球人)と子どもを作る方法を科学的に考察したエッセイ。ニーヴンは、弾よりも速いスーパーマンの射精は恋人の体を貫通して頭を吹き飛ばしてしまう危険があるという。「スーパーマンが思春期の頃、彼の家は穴だらけだっただろう」

思春期の頃、これを読んで爆笑した。

ニーヴンは「もしも、スーパーマンが実在したら」というひとつの「もしも」から、科学的に起こり得るだろうことを積み重ねて風呂敷を広げていく。山本弘さんも、「もしも、五分ごとに二倍に増えるくりまんじゅうがあったら」というひとつの「もしも」から科学的可能性を積み重ねていく。山本さん曰く「思考実験」のゲームだ。

でも、最初の「もしも」は疑わない。「バイバインは質量保存の法則に反するから不可能」なんて言わない。「もしも」から先を考える。そこが山本さんが批判する『空想科学読本』との差だろう。何が可能かは重要じゃない。それが可能だとしたらどうなるかを考えるのがSFなのだ（本書所載「SFにおける人間とロボットの愛の歴史」より）。

「宇宙はくりまんじゅうで滅びるか？」は、本書で何度も山本弘さんが問いかけている「SFとは何か」の答えだ。山本さんは「SFとは筋の通ったバカ話」と書いている。つまり、ひとつの「もしも」という飛躍から話を始めるが、その後は（科学的な）嘘をつかない、筋（論理）を曲げないホラ話。

「トンデモ本」はこの逆だ。科学的、歴史的な事実に反する嘘をつき、または事実を無視し、もしくは事実を知らず、勝手な事実を捏造し、論理を好き放題に曲げまくる。日にウロコをはめ込めば、光の映り込みはUFOに、ただの猫は「宇宙生物ドルバッキー」に、日本のアジア侵略戦争は欧米からの植民地の解放に見えてしまう。

でも、そのトンデモ本に僕は救われた。

本書に所載されている「とはトンデモのと」は、一九九五年に、『トンデモ本の世界』のまえがきとして、僕が山本弘さんに依頼した原稿だ。

僕は長年勤めた出版社「宝島社」で社長と関係が険悪になり、本の企画が通らなくなった。そこで子会社の洋泉社に出向することになった（左遷ともいう）。行ってみて驚いた。印刷所への支払いが滞るほど経営がひっ迫していたのだ。

経費どころか原稿料も校正者を雇う金もない。これで本が作れるのか？　目の前が真っ暗になった。

経営難の理由は簡単。売れる本を出してなかったから。とにかく一刻も早く売れる本を出さないと。

そうだ、「と学会」だ！

自分は宝島社で『宝島30』という雑誌を編集していた。その人気連載が「と学会」の「今月のトンデモ本大賞」だった。ＵＦＯや陰謀論や疑似科学の本に「なんでやねん！」とツッコミを入れながら楽しむコラムだった。

担当は秋山くんという編集者で、連載を単行本にまとめようとしたが、宝島社は「売れない」と判断して、却下したという。

そんなバカな！

自分はさっそく「と学会」のメンバーと会い、『トンデモ本の世界』として出版した。売れた。

めちゃくちゃ売れた。

これ一冊で洋泉社の赤字は消えてしまった。そこからはどんな企画も通るようになり、「トンデモ映画の世界」ともいえる雑誌『映画秘宝』を創刊できた。僕はトンデモ本に救われたのだ。

その後、「と学会」には洋泉社で『トンデモ本の逆襲』『トンデモ超常現象99の真相』、山本さんの単著として『トンデモノストラダムス本の世界』を出してもらった。その『ノストラダムス本』のあとがきを、山本弘さんは「未来はあなたが創るのだ」という言葉で締めている。これは作家・山本弘の生涯を貫くテーマともいえる。

山本弘さんはRPG『ラプラスの魔』のノベライゼーションで長編作家デビューした。「ラプラスの魔」は「ラプラスの悪魔」という仮説にちなんでいる。フランスの数学者で天文学者だったピエール＝シモン・ラプラス（一七四九〜一八二七年）は、すべての事象は因果律に基づいており、すべての物質の力学的状態を知れば、世界のすべてが予想できる」と主張し、そのような能力を持つ架空の存在が「ラプラスの悪魔」と呼ばれた。

つまり、ラプラスはこう言った――たとえば石ころを転がした時の動きは偶然ではなく必然だ。なぜなら、石ころの形や重さ、転がした強さや角度、地面の凸凹や摩擦など、あらゆる物理的な要因が決めた必然だから。ミクロの分子の動きから宇宙の天体まですべてがそうだ。その「物理的な要因」を知っている者はすべてを予測できる――。

「ラプラスの悪魔」は「神」だ。ユダヤ、キリスト教は「世界のすべては神が書いたシナリオ通りに進んでいる」と考える。あのアインシュタインも「神はサイコロを振らない」と言った。

だが、それは間違っていた。山本さんが「未来は決まっていないから素晴らしい」

（本書所載）で書いているように、量子力学は宇宙には偶然があることを証明した。「『神のシナリオ』は存在しない。未来は確定していない」

さらに「僕は無神論者だ」と任じる山本さんは言う。

「神に責任を押しつけたくない。神の意志ではなく、自分のモラルで行動したい」

この言葉は長編小説『神は沈黙せず』（二〇〇三年）に結実する。宇宙と人類の運命を握る神の実在が証明されるが、紛争や戦乱は激化するばかり。その混沌（こんとん）を見ながら無神論者だったヒロインは宣言する。「人は神なしで正しく生きることが可能だ」と「私は信じる」。

「人は（神がいなくても）正しく生きる能力があり、正しく生きるべきである――そう信じたいから信じるのだ。なぜなら、それが唯一の希望だから。私はついに信仰を見つけたのだ」

これは実存主義の哲学だ。だが、それをサルトルやカミュの著作から学んだのではない。山本さんは「人生に必要なことはすべてSFから学んだ」のだ。

『トンデモ本の世界』のまえがき「とはトンデモのと」の原稿を山本さんから受け取った時、僕は「これ、ブラッドベリの『ウは宇宙船のウ』ですよね！」と言って、しばらく二人でレイ・ブラッドベリやフレドリック・ブラウンのSF小説の話で盛り上がった。

ブラッドベリとブラウンは短編の名手で、彼らの短編集からSFに魅了されていった人は多い。石ノ森章太郎先生や藤子・F・不二雄先生もそうだし、山本さんも大きな影響を受けている。

　山本さんの『アイの物語』は、未来のＡＩが、人類の遺した物語を語って行く連作小説集だが、もともとは山本さんがバラバラに書いた短編を後からまとめたもので、そのやり方は、ブラッドベリの『火星年代記』（一九五〇年）に倣(なら)っている。その『アイの物語』の一話目、「宇宙をぼくの手の上に」は、フレドリック・ブラウンの短編集『宇宙をぼくの手の上に』（一九五一年）のタイトルへのオマージュだ。

　山本さんの「宇宙をぼくの手の上に」は、古代に異星人によって作られた巨大生体宇宙戦闘艦を追う深宇宙探査船の物語。ＤＳ（ドゥームズデイ・シップ）と呼ばれるその怪物は、造り主が滅んだ後も進化しながら宇宙を暴れている。それをいかにして止めることができるか？

　もちろん、『スタートレック（宇宙大作戦）』第三五話「宇宙の巨大怪獣（原題 The Doomsday Machine）」にヒントを得ている。『スタートレック』では巨大怪獣ドゥームズデイ・マシンに戦艦を食わせて内部で爆破して「殺す」。でも、山本弘さんは殺さない。ただ戦うために創られたＤＳは哀れな存在ではないか。なんとか殺さないで止める方法はないのか。

　そこでＤＳに乗組員のデータと航海日誌を全部食わせる。探査船は戦艦ではないので、その記録にあるのは、「喜びや悲しみ、驚きと恐怖、友情と信頼、勇気と愛」つまり人間が助け合う姿だ。

そのデータを食べたＤＳは醜い戦闘艦の殻を破り、光輝く鳥のような姿に生まれ変わる。進化したのだ。

進化や進歩は善に向かっていく。山本さんはそう信じていた。本書所載「人類は進歩している」にこう書いている。「民間人を巻きこんだ無差別爆撃は」減って行くだろう。「僕は未来に希望を抱いている。数十年後の人間は今よりもずっと賢明に違いないから」

懸命な人間は平和を目指す、という信頼は、本書所載の「ケイロン人社会と『囚人のジレンマ』問題」にも共通している。ケイロン人は地球人の遺伝子から生まれたが、地球の古い常識や因習を継承していない。宗教や道徳ではなく、純粋に利己的で論理的にしか考えないケイロン人が到達した基本的な外交策は「協調」だった。それが生き残るために最も利口なやり方だから。

山本弘さんはケイロン人に似ている。何事についても、いかなる宗教的バイアスにも、民族的偏見にも、イデオロギーにも左右されることなく、つまりウロコのない目で、事実や証拠に基づき、論理的な「思考実験」によって判断する。そして、南京大虐殺は事実であると結論した。

ところがこれに対してうじゃうじゃと虐殺否定論者が群がった。山本さんを「反日」呼ばわりした。山本さんが減るだろうと予想した「民間人を巻きこんだ無差別爆撃」は世界各地で続いている。人間は進歩しているのだろうか。

ＡＩのほうは確実に、予想以上のスピードで進化している。山本さんは著書でＡＩ

しまった。

その二つは既に解決してしまった。人間が追い越されるのは本当に時間の問題になって（人工知能）が抱える問題として「フレーム問題」と「記号接地問題」を挙げていたが、

さて、「宇宙をぼくの手の上に」は、実は未来の宇宙の話ではない。本当の舞台は現代の日本で、主人公たちはインターネットを使って、宇宙で怪物ＤＳと戦うリレー小説を書いているのだ。その小説にＤＳの「精神攻撃」から乗組員を救う「リトプティズムＪ」という薬が登場する。その名はＳＦ作家ジェイムズ・ティプトリー・ジュニアから取っている。

ジェイムズ・ティプトリー・ジュニアは男性名だが、本当は女性だった。一九八七年、七一歳の時、夫を射殺し、自らも撃って死んだ。夫は認知症に加えて視力を失い、彼女自身も心臓病とうつ病を患っており、何年も前から周囲に自死について相談していた。彼女の『愛はさだめ、さだめは死』という作品名は予言的だった。『たったひとつの冴えたやりかた』の主人公も選ぶのは死だ。山本さんがティプトリーの名前を「宇宙をぼくの手の上に」で引用したのは偶然ではない。

リレー小説グループのメンバーの少年がいじめっ子を刺して逃亡し、行方不明になる。少年は、リレー小説の怪物ＤＳに自分を重ね、共に死のうとする。どこかでネットにつながっている彼を思いとどまらせるため、主人公はリレー小説でＤＳを救おうとする。

二〇一八年、山本弘さんは脳梗塞で倒れた。その後、リハビリしながら著作活動を続

けていたが、二〇二〇年八月一九日の深夜、山本さんのこんなツイートを目にした。

「たぶん、この文を読んでいる人間の多くは気づかないだろう。でもこれは一年以上前から考えていたことなのだ。もちろん妻や娘には内緒である。医者にも友人にも」

日本時間の深夜一時を過ぎていたが、僕の住むカリフォルニアでは朝の九時頃だった。僕は山本さんが何をしようとしてるのか気づいた。彼が二〇一〇年に発表した小説『去年はいい年になるだろう』を思い出したから。主人公であるSF作家・山本弘は病気で……。

あわててツイッター（現「X」）で助けを呼びながら、山本さんのファンにも、山本さんの作品の感想を山本さんにツイートするよう呼びかけた。

警察が駆けつけて事なきを得たそうだ。でも、その後、山本さんとは音信不通になってしまった。

「人は死ねばそれっきりだ」

山本さんは『去年はいい年になるだろう』にそう書いていた。「死後の世界を信じない」と。でも、『神は沈黙せず』では、死期の迫った懐疑論者の大和田がこう言う。「人間は死ねば無に還る……これこそ人間にとって最高の恐怖じゃないのかね？」

さらに大和田は、死後の世界を信じない男と信じさせようとする宣教師のジョークを語る。

「天国を信じてどんな損があるんです？　たとえ天国がなくても、あなたは失望することはありませんよ。その場合には失望するあなた自身が存在しないんですから」と宣教師が言うと、死後の世界を信じない男は、「だったら信じない方が得だな」と言い返す。「もらえると期待してたごほうびがもらえるよりも、もらえないと思ってたごほうびがもらえる方が嬉しいもんな」

本書の第三章を読むと、山本さんは奥さんと娘さんのことが何よりも大切で、それ以外は本当に欲のない人だったとわかる。もし、ご家族のこと以外に心残りがあるとしたら、宇宙に行けなかったことだろう。山本さんの予想に反して、天国で宇宙ロケットに乗れてるといいな。

（まちやま・ともひろ／映画評論家・コラムニスト）

本書は二〇〇七年七月、河出書房新社より刊行されました。

# 宇宙はくりまんじゅうで滅びるか?

二〇二四年 六 月一〇日 初版印刷
二〇二四年 六 月二〇日 初版発行

著　者　山本弘

発行者　小野寺優
発行所　株式会社河出書房新社
〒一六二-八五四四
東京都新宿区東五軒町二-一三
電話〇三-三四〇四-八六一一(編集)
〇三-三四〇四-一二〇一(営業)
https://www.kawade.co.jp/

ロゴ・表紙デザイン　粟津潔
本文フォーマット　佐々木暁
本文組版　株式会社ステラ
印刷・製本　中央精版印刷株式会社



Printed in Japan　ISBN978-4-309-42117-9

## ここから先は何もない

山田正紀　41847-6

小惑星探査機が採取してきたサンプルに含まれていた、人骨化石。その秘密の裏には、人類史上類を見ない、密室トリックがあった……！　巨匠・山田正紀がおくる長編ＳＦ。

## シャッフル航法

円城塔　41635-9

ハートの国で、わたしとあなたが、ボコボコガンガン、支離滅裂に。世界の果ての青春、宇宙一の料理に秘められた過去、主人公連続殺人事件……甘美で繊細、壮大でボンクラ、極上の作品集。

## さよならの儀式

宮部みゆき　41919-0

親子の救済、老人の覚醒、30年前の自分との出会い、仲良しロボットとの別れ、無差別殺傷事件の真相、別の人生の模索……淡く美しい希望が灯る。宮部みゆきがおくる少し不思議なSF作品集。

## 自生の夢

飛浩隆　41725-7

73人を言葉だけで死に追いやった稀代の殺人者が、怪物〈忌字禍〉を滅ぼすために、いま召還される。10年代の日本ＳＦを代表する作品集。第38回日本ＳＦ大賞受賞。

## ポリフォニック・イリュージョン

飛浩隆　41846-9

日本SF大賞史上初となる二度の大賞受賞に輝いた、現代日本SF最高峰作家のデビュー作をはじめ、貴重な初期短編６作。文庫オリジナルのボーナストラックとして超短編を収録。

## SFにさよならをいう方法

飛浩隆　41856-8

名作SF論から作家論、書評、エッセイ、自作を語る、対談、インタビュー、帯推薦文まで、日本SF大賞二冠作家・飛浩隆の貴重な非小説作品を網羅。単行本未収録作品も多数収録。

## かめくん

北野勇作　41167-5

かめくんは、自分がほんもののカメではないことを知っている。カメに似せて作られたレプリカメ。リンゴが好き。図書館が好き。仕事も見つけた。木星では戦争があるらしい……。第22回日本ＳＦ大賞受賞作。

## カメリ

北野勇作　41458-4

世界からヒトが消えた世界のカフェで、カメリは推論する。幸せってなんだろう？　カフェを訪れる客、ヒトデナシたちに喜んでほしいから、今日もカメリは奇跡を起こす。心温まるすこし不思議な連作短編。

## NOVA　2021年夏号

大森望〔責任編集〕　41799-8

日本SFの最前線、完全新作アンソロジー最新号。新井素子、池澤春菜、柞刈湯葉、乾緑郎、斧田小夜、坂永雄一、高丘哲次、高山羽根子、西島伝法、野崎まど、全10人の読み切り短編を収録。

## NOVA　2023年夏号

大森望〔責任編集〕　41958-9

完全新作、日本SFアンソロジー。揚羽はな、芦沢央、池澤春菜、斧田小夜、勝山海百合、最果タヒ、斜線堂有紀、新川帆立、菅浩江、高山羽根子、溝渕久美子、吉羽善、藍銅ツバメの全13編。

## NOVA 2019年春号

大森望〔責任編集〕　41651-9

日本ＳＦ大賞特別賞受賞のＳＦアンソロジー・シリーズ、復活。全十作オール読み切り。飛浩隆、新井素子、宮部みゆき、小林泰三、佐藤究、小川哲、赤野工作、柞刈湯葉、片瀬二郎、高島雄哉。

## 人類よさらば

筒井康隆　41863-6

人類復活をかけて金星に飛ぶ博士、社長秘書との忍法対決、信州信濃の怪異譚……往年のドタバタが炸裂！　単行本未収録作も収めた、日下三蔵編でおくる筒井康隆ショートショート・短編集。

## あるいは酒でいっぱいの海

筒井康隆　41831-5

奇想天外なアイデア、ドタバタ、黒い笑い、ロマンチック、そしてアッというオチ。数ページの中に物語の魅力がぎっしり！　初期筒井康隆による幻のショートショート集、復刊。解説：日下三蔵

## 小松左京セレクション 1 日本

小松左京　東浩紀〔編〕　41114-9

小松左京生誕八十年記念／追悼出版。代表的短篇、長篇の抜粋、エッセイ、論文を自在に編集し、ＳＦ作家であり思想家であった小松左京の新たな姿に迫る、画期的な傑作選。第一弾のテーマは「日本」。

## 小松左京セレクション 2 未来

小松左京　東浩紀〔編〕　41137-8

いまだに汲み尽くされていない、深く多面的な小松左京の「未来の思想」。「神への長い道」など名作短篇から論考、随筆、長篇抜粋まで重要なテクストのみを集め、その魅力を浮き彫りにする。

## クォンタム・ファミリーズ

東浩紀　41198-9

未来の娘からメールが届いた。ぼくは娘に導かれ、新しい家族が待つ新しい人生に足を踏み入れるのだが……並行世界を行き来する「量子家族」の物語。第二十三回三島由紀夫賞受賞作。

## クリュセの魚

東浩紀　41473-7

少女は孤独に未来を夢見た……亡国の民・日本人の末裔のふたりは、出会った。そして、人類第二の故郷・火星の運命は変わる。壮大な物語世界が立ち上がる、渾身の恋愛小説。

## ゆるく考える

東浩紀　41811-7

若いころのぼくに言いたい、人生の選択肢は無限である、と。世の中を少しでもよい方向に変えるために、ゆるく、ラジカルにゆるく考えよう。「ゲンロン」を生み出した東浩紀のエッセイ集。